HÁ QUEM PREFIRA URTIGAS

JUNICHIRO TANIZAKI

Há quem prefira urtigas

Tradução do japonês
Leiko Gotoda

1ª *reimpressão*

COMPANHIA DAS LETRAS

Copyright © 1928 by Herdeiros de Junichiro Tanizaki
Todos os direitos reservados.

Grafia atualizada segundo o Acordo Ortográfico da Língua Portuguesa
de 1990, que entrou em vigor no Brasil em 2009.

Título original
Tade kuu mushi

Capa
Raul Loureiro

Preparação
Eliane de Abreu Santoro

Revisão
Maysa Monção
Ana Maria Barbosa

Atualização ortográfica
Angela das Neves

Os personagens e as situações desta obra são reais apenas no universo da ficção; não se referem a pessoas e fatos concretos, e sobre eles não emitem opinião.

Dados Internacionais de Catalogação na Publicação (CIP)
(Câmara Brasileira do Livro, SP, Brasil)

Tanizaki, Junichiro, 1886-1965
    Há quem prefira urtigas / Junichiro Tanizaki ; tradução do japonês Leiko Gotoda. — 1ª ed. — São Paulo : Companhia das Letras, 2003.

    Título original: Tade kuu mushi.
    ISBN 978-85-359-0350-8

    1. Romance japonês I. Título.

03-1417   CDD-895.635

Índice para catálogo sistemático:
1. Romances : Literatura Japonesa   895.635

[2022]
Todos os direitos desta edição reservados à
EDITORA SCHWARCZ S.A.
Rua Bandeira Paulista ,702, cj. 32
04532-002 — São Paulo — SP
Telefone: (11) 3707-3500
www.companhiadasletras.com.br
www.blogdacompanhia.com.br
facebook.com/companhiadasletras
instagram.com/companhiadasletras
twitter.com/cialetras

*Cada lagarta tem seu gosto;
algumas preferem urtigas.*
Provérbio japonês

1.

"E então? Você vai?", desde cedo naquela manhã, Misako perguntava ao marido, mas as respostas ora eram evasivas, ora ambíguas. Aliás, ela própria não sabia que atitude tomar e, indecisos, os dois haviam perdido a manhã. Cerca da uma da tarde, Misako tomou banho e aprontou-se para qualquer eventualidade. Em seguida, sentou-se em mudo incentivo perto do marido que, jogado sobre o tatame, ainda lia o jornal; mas nem assim conseguiu fazê-lo definir-se.

— Que acha de tomar um banho, ao menos? — perguntou.

— Hum...

Deitado de bruços sobre duas almofadas, cotovelo fincado no tatame e queixo apoiado na mão, Kaname sentiu chegar-lhe o perfume da mulher e recuou de leve a cabeça, como a esquivar-se dele. Esforçou-se então por evitar-lhe o olhar e examinou-a de soslaio, ou melhor, procurou saber de que jeito ela se vestira, pois imaginava que o tipo de quimono talvez o ajudasse a decidir. Havia muito, porém, que ele deixara de observar quimonos ou acessórios da mulher e, por isso, naquele momento a aparência dela lhe disse apenas, para seu próprio desapontamento, que Misako era vistosa, bem-arrumada como qualquer jovem senhora moderna, nada mais. Em matéria de quimonos, aliás, Misako esbanjava — não se passava mês sem que mandasse fazer algum —, mas nunca o consultava acerca das suas escolhas, tampouco ele procurava saber o que a mulher andava comprando.

— E você? Quer ir ou não? — perguntou Kaname.

— Tanto faz... Se você for, vou também... Se não, sempre posso ir a Suma.

— Você já prometeu ir para lá?

— Não, não prometi nada... A Suma, posso ir amanhã.

Com o estojo de manicure que surgira do nada aberto sobre os joelhos, Misako lixava as unhas. Mantinha o pescoço ereto e fitava deliberadamente um ponto no espaço, quase meio metro acima da cabeça do marido.

Sair, não sair... — esse tipo de dilema já fora enfrentado pelo casal em diversas ocasiões anteriores. Marido e mulher evitavam tomar a iniciativa de oferecer uma solução e assumiam uma atitude passiva, cada um aguardando uma indicação do outro para então decidir-se também. Era como se os dois segurassem entre eles uma tina rasa cheia de água, à espera de que o líquido corresse naturalmente para um dos lados e lhes revelasse a inclinação do vasilhame. Por vezes, o dia se findava nessa espera; em outras, o casal alcançava um súbito consenso no decorrer das horas. Naquele dia, porém, Kaname previa que os dois sairiam juntos, afinal. E, se ainda assim continuava à espera de que o acaso os levasse naquela direção, não era apenas por indolência. Antes de mais nada, sentia-se mal só em imaginar a si próprio andando com a mulher em público, apesar de o percurso até a área de Dotonbori não passar de uma hora. Depois, embora Misako declarasse que a Suma podia ir no dia seguinte, Kaname imaginava que ela já tinha um encontro marcado para aquela tarde. Mesmo que não tivesse, era óbvio que ela preferiria estar com Aso em Suma a assistir a um espetáculo de bunraku, e não poder mostrar-se compreensivo para com os desejos da mulher lhe provocava uma vaga sensação de culpa.

Na noite anterior, quando o sogro ligara de Tóquio convidando-os para o teatro Benten-za caso ambos não tivessem nenhum compromisso para o dia seguinte, Kaname devia ter consultado a mulher antes de mais nada, sabia disso. Contudo, justo naquele momento, Misako achava-se ausente e Kaname acabara declarando ser quase certo que iriam. Na verdade, não teria sido fácil recusar, pois o sogro simplesmente se lembrara de que, certa vez, Kaname lhe havia dito num raro impulso de se mostrar agradável: "Há muito não vou a uma peça do teatro bunraku. Avise-me sem falta da próxima vez que o senhor for, pois quero ir junto". E, bonecos à parte, Kaname imaginara que talvez essa fosse sua última oportunidade de passar momentos agradáveis em companhia do idoso homem. Claro estava que não tinha muita afinidade com o sogro — um homem de quase sessenta anos que construíra um refúgio para si na região de Shishigatani e levava ali uma vida simples, como um austero mestre do chá. Além de tudo, aborrecia-o a mania do sogro de, à menor oportunidade e com irritante insistência, portar-se como profundo conhecedor dos mistérios das artes e dos prazeres refinados. No entanto, emocionou-se ao perceber que chegava ao fim a relação de parentesco com o pai de Misako, um incorrigível libertino na juventude que, talvez por isso mesmo, transformara-se num velho de espírito franco e aberto. Kaname podia estar sendo cínico, mas, na verdade, lamentava muito mais ter de se separar do sogro do que da própria mulher. Por isso, fora levado a contrariar seus próprios hábitos e ao menos uma vez querer representar o papel de genro atencioso antes de se separar de Misako. Contudo, reconhecia que errara ao aceitar o convite sem consultar a mulher. Em circunstâncias normais, ele jamais teria deixado de levar em conta a conveniência da mulher, e na noite anterior também pensara nisso. Mas Misako tinha saído naquela tarde dizendo que ia a Kobe fazer compras e Kaname imaginara que ela fora ao encontro de Aso. No exato instante em que o sogro ligara, Kaname pensava na mulher e em Aso passeando de braços dados pela praia de Suma, motivo por que num átimo lhe viera à cabeça que, portanto, Misako estaria livre no dia seguinte. A mulher, porém, talvez realmente houvesse estado em Kobe fazendo compras, pois não tinha o hábito de lhe esconder nada. Nesse caso, Kaname podia estar sendo injusto ao imaginá-la fazendo algo diferente daquilo que afirmara. Ela não gostava de mentir e, claro, nem precisava. Contudo, Misako podia estar relutando em explicitar um assunto que sabia ser desagradável ao marido. Nessas circunstâncias, seria também perfeitamente natural que Kaname interpretasse a declaração da mulher "Vou fazer compras em Kobe" como "Vou me encontrar com Aso"; não se podia então acusar o marido de suspeitar da mulher. Aliás, Misako devia saber muito bem que ele não desconfiava dela nem pretendia ser um estorvo. Pensando melhor, talvez ela realmente houvesse estado com Aso no dia anterior e quisesse tornar a vê-lo essa tarde, pois os encontros, que antes aconteciam semanalmente ou a cada dez dias, tinham se amiudado nos últimos tempos e não raro ocorriam agora dois ou três dias seguidos.

Dez minutos depois, Kaname, que tomara um banho e voltara ao aposento vestindo um roupão, encontrou a mulher ainda com o olhar perdido, lixando maquinalmente as unhas.

— Você quer mesmo assistir a essa peça? — perguntou Misako, trazendo para perto dos olhos a ponta triangular e brilhante da unha do polegar. Não se voltou, porém, nenhuma vez para o marido, que ajeitava o cabelo na beira da varanda mirando-se num espelho de mão.

— Para ser franco, não quero. Mas como disse ao seu pai que queria...

— Quando foi isso?

— Nem me lembro mais... De qualquer modo, eu disse que queria ir, isso é fato. Ele falava tão entusiasmado sobre o teatro de bonecos que acabei dizendo qualquer coisa do gênero, mais para ser agradável.

Misako riu baixinho, com cortesia, como se Kaname fosse um estranho, e comentou:

— Viu no que deu? Justo você, que nunca gostou da companhia do meu pai...

— Seja como for, acho melhor comparecer, nem que seja para ficar só alguns minutos...

— E onde fica esse Teatro Bunraku-za?

— Não é para lá que vamos. O Bunraku-za pegou fogo e transformou-se num monte de cinzas. Seu pai nos convidou para o Benten-za, em Dotonbori.

— Quer dizer que teremos de nos sentar à japonesa? Ah, que martírio! Meus joelhos vão ficar doloridos...

— Você não pode esperar outra coisa desses locais onde se reúnem amantes da arte do chá. Seu pai não foi sempre assim, houve tempo em que apreciava um bom cinema. Mas gostos tendem a se tornar cáusticos com o passar dos anos. Dia desses, ouvi comentarem que, quanto mais libertino o homem na juventude, mais certo é que ele goste de antiguidades na velhice. Em outras palavras, a paixão pela caligrafia e por apetrechos usados na cerimônia do chá, por exemplo, seria uma manifestação alterada do desejo sexual.

— Pois eu, no caso do meu pai, não acho que o desejo sexual tenha sofrido qualquer alteração. Prova disso é que ele arrumou essa tal Ohisa.

— Mas a própria atração dele por tipos como Ohisa já seria a manifestação de um gosto por antiguidade, entende? Aquela mulher é quase uma boneca japonesa antiga.

— Se vamos realmente ao teatro, prepare-se para suportar uma exibição de "casal ideal" por parte da boneca e do meu pai.

— Paciência. Vamos suportar isso durante algumas horas e proporcionar uma alegria ao seu pai.

De súbito, Kaname se deu conta de que a relutância da mulher em ir talvez se devesse a outros motivos.

— Você vai de quimono? — perguntou Misako. Levantou-se e dirigiu-se à cômoda, retirando da gaveta um jogo cuidadosamente embalado em papel *tatou*.

Em matéria de roupa, Kaname era quase tão extravagante quanto a mulher, e possuía diversos conjuntos de quimono, sobretudo e obi. Ele era tão meticuloso em suas preferências que os conjuntos não se restringiam a esses três itens do vestuário; englobavam miudezas como relógios, correntes, cordões de fechamento dos sobretudos, porta-cigarros e carteiras. Ninguém mais além de Misako era capaz de lhe agrupar prestamente os acessórios certos à simples indicação de determinado quimono, de modo que ela quase sempre compunha os conjuntos para o marido antes de sair sozinha — algo cada vez mais frequente nos últimos tempos. Nessas ocasiões, sentimentos estranhos assaltavam Kaname. No instante em que Misako estava às suas costas, ajudando-o a vestir a roupa de baixo e a ajeitar a gola do quimono, por exemplo, Kaname percebeu claramente a natureza contraditória da relação que os dois viviam. Quem haveria de imaginar que não eram um casal comum ao presenciar aquele comportamento? Podia apostar que nem as empregadas, nem a cozinheira jamais desconfiaram de nada. Aliás, ao perceber que se abandonava aos cuidados de Misako, deixando-a escolher desde as roupas de baixo até as meias, ele próprio sentia-se incapaz de afirmar que não eram marido e mulher. Afinal, um matrimônio não se caracterizava apenas pelas intimidades da cama. Mulheres de uma noite só, Kaname conhecera às dúzias no passado. Mas não seriam aqueles pequenos cuidados e gentilezas do cotidiano que sintetizavam um casamento? Analisando por esse prisma, Misako era a esposa perfeita... Tateando os próprios quadris para ajeitar o obi, Kaname via o pescoço da mulher, acocorada aos seus pés. Sobre os joelhos, ela tinha aberto o sobretudo — um *haori* dupla face de seda *hachijou* preta — que ele gostava de usar com o quimono escolhido. Com a ajuda de um grampo, Misako procurava então passar por uma casa no sobretudo o cordão de fechamento, tingido à semelhança das tiras que sustentavam as espadas dos antigos samurais. Na palma da mão branca, o fino grampo de cabelo se destacava como um único traço negro. Preso entre as unhas recém-pintadas e brilhantes, o cordão rangia agudo a cada puxão. Habituada pelos longos anos de convívio a espelhar com agudeza os sentimentos do marido, Misako policiava-se o tempo todo desempenhando com rapidez e eficiência a função de dona de casa, tentando assim não ser afetada pelas emoções dele. Graças a isso, Kaname podia agora lançar-lhe olhares casuais e observá-la com uma leve sensação de perda, sem correr em nenhum momento o risco de encontrar o olhar dela. Em pé, era capaz de entrever as costas da mulher pela abertura da gola, adivinhar-lhe a carne macia dos ombros, oculta pelas roupas de baixo. Uma pequena região do tornozelo surgiu sob a barra do quimono quando ela se moveu arrastando os joelhos pelo tatame, assim como os pés, calçados em pequenas meias brancas, justas e rígidas como madeira, tão ao gosto das mulheres de Tóquio. Esses pedaços de carne que se mostravam em relances pareciam inesperadamente viçosos numa pessoa de quase trinta anos. Não fosse Misako sua mulher, Kaname com certeza a julgaria bela. Assim como no passado, ainda hoje sentia impulsos de apertar com carinho o corpo que tinha diante de si. Triste era que tal gesto jamais envolvera desejo sexual, desde os tempos de recém-casados. O viço e a juventude daquela carne nada mais eram que consequência inevitável dos muitos anos de abstenção sexual, de uma quase viuvez que ele lhe impusera, pensou Kaname. Não sentiu pena da mulher, apenas uma estranha frieza.

— O dia está tão lindo... — disse Misako naquele instante, postando-se às costas do marido e ajudando-o a vestir o sobretudo.

— E pensar que vamos desperdiçá-lo num teatro...

Kaname sentiu-lhe os dedos roçando de leve a nuca, mas havia uma frieza profissional no toque que lembrava o de um barbeiro.

— Você não tem que telefonar? — perguntou, captando corretamente o sentido oculto no comentário da mulher.

— Bem...

— Vamos, ligue de uma vez. Do contrário, vou ficar com sensação de culpa...

— Também não é o caso...

— Mas... e se ele estiver esperando?

— É verdade... — disse ela hesitante para logo acrescentar: — A que horas você acha que estaremos de volta?

— Saindo a esta hora, acho que conseguiremos retornar às cinco ou seis horas da tarde, mesmo que só fiquemos para assistir a um ato.

— E se eu for a Suma depois disso? Você acha impróprio o horário?

— Eu mesmo não me importo... Mas não esqueça que hoje estaremos à mercê dos caprichos do seu pai. Se ele nos convidar para jantar, será difícil recusar... Acho mais seguro adiar para amanhã a sua ida a Suma.

Naquele exato instante, a empregada Osayo entreabriu a porta e anunciou:

— Telefonema de Suma para a senhora, patroa.

2.

Misako demorou cerca de trinta minutos ao telefone; ao cabo disso, adiou o encontro com Aso para o dia seguinte. Passava portanto das duas e meia quando marido e mulher saíram juntos, ela parecendo ainda mais contrafeita do que antes.

Aos domingos, não era raro o casal sair para passear com o filho Hiroshi, que atualmente frequentava o quarto ano do curso primário. Tentavam assim amenizar o terror íntimo do garoto, que parecia adivinhar algo inusitado na relação dos pais. Raro mesmo era marido e mulher saírem juntos e a sós. Realmente, fazia meses que isso não acontecia. Kaname tinha certeza de que, naquelas circunstâncias, em vez de se revoltar por ter sido deixado para trás, Hiroshi haveria de ficar feliz ao chegar da escola e descobrir que os pais tinham saído juntos como todo casal normal. Todavia, o que Kaname não conseguia avaliar com clareza era se fazia bem ou mal em manter o menino naquela ilusão.

Todos achavam que Hiroshi era criança ainda, mas, aos dez anos, as crianças são capazes de chegar a conclusões como qualquer adulto. Misako vivia comentando com orgulho: "Ninguém ainda se deu conta, mas acho que Hiroshi já adivinhou. Que menino sensível!". Kaname então ria e observava: "Qualquer filho perceberia. Ridículo é você se gabar disso". Já havia decidido que, no momento oportuno, lhe explicaria tudo numa conversa de igual para igual, como se Hiroshi fosse adulto. Nem pai nem mãe estavam errados, diria Kaname. Se havia algum erro, era das pessoas de visão antiquada, presas a um moralismo ultrapassado e inaceitável no mundo moderno. Agora as crianças não precisavam se envergonhar do divórcio dos pais. Diria também que, independentemente do que lhes acontecesse, Hiroshi seria sempre o filho querido do pai e da mãe. Apelaria para a racionalidade do menino e explicaria que podia frequentar a seu bel-prazer tanto a casa da mãe como a do pai. Kaname tinha certeza de que Hiroshi entenderia. Contar mentiras piedosas para uma criança constituía crime tão grave quanto ludibriar um adulto. Mesmo assim, vinha protelando a conversa com o menino fazia já algum tempo. Não havia pressa porque podia falar-lhe a qualquer momento. Para que então precipitar-se e entristecê-lo antes da hora? Afinal, talvez os dois nem se separassem. E, mesmo que houvesse um divórcio, não tinham ideia de quando se concretizaria. Era por isso que marido e mulher tentavam tranquilizar o filho saindo algumas vezes com ele e representando criteriosamente o papel de casal unido e feliz. Hiroshi, porém, não se deixava enganar tão facilmente e já intuíra que os pais representavam uma farsa. A criança parecia feliz, mas também fingia para suavizar o sofrimento dos pais. Provocava arrepios em Kaname a estranha situação de um pai, uma mãe e um filho que passeavam juntos, cada qual ocultando dos demais o que lhe ia no íntimo, sob uma falsa aparência risonha. Em outras palavras, os três já não conseguiam enganar-se, mas juntos enganavam o mundo, já que a farsa iniciada pelos pais acabara envolvendo o filho. E por que obrigar o filho a participar desse teatro?, perguntava-se Kaname, sentindo ao mesmo tempo culpa e pena da criança.

Era natural que não tivesse coragem para sair apregoando os termos da sua relação com a mulher como um arauto da moralidade moderna. Estava seguro de que agia com correção, tinha a consciência limpa e sabia-se capaz de se defender com firmeza em qualquer circunstância, mas nem por isso pretendia colocar-se voluntariamente em posição desvantajosa. Ainda lhe restava um pouco de fortuna pessoal (que fora grande na geração do pai), tinha prestígio social (era diretor de uma empresa, embora o cargo fosse nominal) e pertencia, se bem que sofrivelmente, à classe privilegiada. Diante dessas circunstâncias, preferia viver na medida do possível de modo simples e discreto, sem macular a honra dos seus antepassados. Não precisava temer a intromissão de parentes em sua vida, mas tinha de proteger a mulher, cuja conduta a deixava, mais que a ele, à mercê da maledicência. Se não agisse desse modo, sabia que os dois acabariam enredados, impossibilitados de se defender. Supondo, por exemplo, que a conduta recente de Misako chegasse ao conhecimento do pai dela em Kyoto, Kaname tinha certeza de que o velho homem, apesar de mais compreensivo que a maioria das pessoas da sua geração, não perdoaria os desmandos da filha, em nome do decoro. E, se isso acontecesse, Kaname duvidava que Misako, mesmo depois de divorciada, conseguisse se casar com Aso conforme desejava. "Pais, parentes, o mundo inteiro pode pressionar à vontade, não tenho medo de ninguém. Estou pronta a cortar relações com todos!", Misako vivia proclamando. Mas seria realmente possível? Se rumores desagradáveis questionando a sua moralidade começassem a circular antes que o casamento com Aso se concretizasse, os pais e os irmãos do próprio Aso poderiam opor-se a tal união. E se em virtude disso Misako acabasse banida do seu círculo social, Kaname receava que no futuro pudesse haver consequências negativas para Hiroshi. Tudo ponderado, Kaname concluiu que precisava da compreensão e da boa vontade das pessoas com quem conviviam para que ele e a mulher fossem felizes depois do divórcio. Eis por que viera agindo com extremo cuidado para que ninguém percebesse o cotidiano da sua vida conjugal, restringindo aos poucos o círculo de amizades e empenhando-se em não ter a intimidade devassada. Havia momentos, porém, em que, por obrigação social, tinham de representar o papel de marido e mulher, o que aborrecia Kaname invariavelmente.

Pensando bem, talvez por isso Misako mostrasse tanta má vontade em sair com o marido naquele dia. De personalidade tímida, ela possuía contudo certa firmeza íntima que a tornava mais audaciosa que o marido na hora de enfrentar tradições antiquadas, imposições sociais ou sentimentos pessoais. Misako vinha se comportando com a maior sobriedade possível em atenção ao marido e ao filho, mas devia estar aborrecida por não ver nenhuma necessidade de, naquele dia, apresentar-se em público e representar o papel de mulher bem casada. Sem falar nela mesma, que abominava enganar-se a si própria e à sociedade, Misako ainda tinha de considerar os sentimentos de Aso, que se mostrava bastante compreensivo com a situação mas não gostaria de saber que ela saíra com o marido só para assistir a uma peça de teatro bunraku em Dotonbori. Aso com certeza apreciaria que ela restringisse suas aparições públicas ao lado do marido para as situações realmente inevitáveis. Seria possível que Kaname não conhecesse os sentimentos dela? Ou talvez não se importasse... Misako se impacientava, principalmente porque não podia falar abertamente sobre o assunto. Aliás, que dera no marido de querer agradar ao sogro? Muito em breve os dois já nem seriam parentes! Fingir-se de genro atencioso àquela altura só serviria para irritar ainda mais o sogro quando a verdade viesse à tona.

Imersos em seus próprios pensamentos, os dois tomaram o bonde da linha Hankyu até a estação Umeda. Março chegava ao fim, as cerejeiras estavam em plena floração, mas restava ainda uma leve aragem fria em meio aos brilhantes raios solares. À claridade que penetrava pela janela do trem, Kaname viu a ponta do próprio *haori* de seda preta surgir sob a barra do casaco leve e reluzir como areia exposta ao sol na vazante. Considerava pouco elegante usar camiseta de malha sob o quimono, de modo que meteu as duas mãos pelo traspasse do quimono na altura do peito ao sentir o vento frio penetrar pelas mangas e inflar-lhe as roupas. O horário era de pouco movimento e havia apenas alguns passageiros confortavelmente acomodados no vagão. Sob o teto recém-pintado de branco o ar puro alcançava todos os recantos e emprestava um aspecto sadio e vivo às feições dos passageiros. Misako tinha escolhido o banco oposto ao do marido para sentar-se e, enterrando o rosto quase até o nariz no macio cachecol de pele, lia uma coletânea do poeta Ougai Mori em edição de bolso. Uma luva de crochê cor de safira cobria os dedos que seguravam o dorso do livro. A capa branca e texturizada parecia dura e cortante como folha metálica. Aqui e ali, os pontos miúdos do crochê deixavam entrever as unhas pintadas.

Toda vez que saía com o marido, Misako procurava aquela posição dentro do bonde. Excetuando os dias em que Hiroshi estava com eles — quando então o punham no meio —, os dois haviam estabelecido um ritual: um deles esperava o outro sentar-se para então procurar assento no lado oposto. Lado a lado, o calor dos corpos lhes chegaria mutuamente através das roupas, criando uma situação que nos últimos tempos lhes parecia não só imprópria como imoral, e os deixaria constrangidos. E mesmo sentando-se em posições opostas, a visão do rosto perturbava-os mutuamente. Misako necessitava de alguma coisa onde fixar o olhar, de modo que passou a carregar sempre um livro na bolsa, e no instante em que se acomodava no banco abria um biombo diante do próprio nariz.

Marido e mulher desceram na estação Umeda, entregaram os bilhetes no guichê separadamente e, como numa peça ensaiada, caminharam a uma distância constante de dois ou três passos um do outro, até saírem na praça diante da estação. Em silêncio, embarcaram num táxi, primeiro o marido, depois a mulher, enfim acomodados lado a lado como qualquer casal. Se alguém os observasse, veria por trás dos vidros dois perfis rígidos sobrepostos como colagens — face sobre face, nariz sobre nariz e queixo sobre queixo — oscilando de leve com os movimentos do carro. Seus olhares estavam fixos adiante e de modo algum se voltavam para os lados.

— Que peça levam hoje?

— Segundo seu pai me disse ao telefone, a história de Koharu e Jihei, e mais alguma coisa...

Uma frase cada um em todo o trajeto — nisso se resumiu o diálogo, originado talvez da pressão do silêncio prolongado. Ambos, porém, continuavam apenas com o olhar fixo, cada um vendo, pelo canto dos olhos, a ponta do nariz do outro como uma vaga mancha esbranquiçada.

Depois de saltarem do táxi na ponte Ebisu, Misako teve de seguir em silêncio o marido porque não tinha ideia de onde se situava o teatro Benten-za. Kaname, porém, provavelmente recebera instruções minuciosas do sogro no dia anterior, pois conduziu-a diretamente a uma casa de chá em Dotonbori, na verdade um dos muitos estabelecimentos especializados em agenciar espectadores para as casas de espetáculos locais. Uma agente guiou-os então até o teatro Benten-za e às suas respectivas poltronas. Chegara o momento de encarar o pai e representar o papel de boa esposa, pensou Misako, sentindo um grande desânimo. Ali estava o ancião, sentado num canto com a concubina Ohisa, mais nova que a própria filha. Tinha os olhos fixos no palco e levava aos lábios uma taça de saquê. A presença do pai deprimia Misako, e a de Ohisa a irritava. Nascida em Kyoto, Ohisa era uma mulher suave e inexpressiva, do tipo que concordava com tudo e com todos. Talvez por isso Misako, cujo gênio era decidido como a maioria das mulheres nascidas em Tóquio, se irritasse tanto com Ohisa. Mais deprimente do que tudo, porém, era vê-la ao lado do pai, o qual nesses momentos deixava de ser seu pai e passava a parecer um velho devasso e asqueroso.

— Vou-me embora assim que terminar a primeira peça, ouviu? — disse ela a Kaname mal cruzaram a porta de entrada, já irritada, ao que parecia, com o ponteio do *shamisen* que vinha do palco.

Quantos anos teriam se passado desde a última vez que uma agente o conduzira a um teatro?, perguntou-se Kaname. Descalçou as sandálias na entrada e, só de meias, pisou a fria e lustrosa tábua do corredor. Por um breve instante, a imagem da mãe, de um longínquo passado, veio-lhe à memória. Era a sensação exata que lhe restara na lembrança das ocasiões em que, ainda criança de cinco ou seis anos, pisara também com meias o corredor frio de um teatro kabuki. Naqueles tempos, ele ia de riquixá no colo da mãe, de Kuramae a Kobiki-cho, e depois corria no encalço da agente até a casa de espetáculos, sempre levado pela mão materna. Uma corrente de ar gelada o recebia no momento em que transpunham a porta de entrada daquelas casas teatrais antigas. Ele ainda era capaz de sentir o frio que penetrava pelas dobras e barra do quimono domingueiro gelando o seu corpo como um bafo de hortelã. Para Kaname aquela sensação de frio lembrava a atmosfera festiva das ameixeiras desabrochando: arrepiado mas feliz, ele corria com o pequeno coração palpitante, cheio de expectativa, enquanto a mãe o apressava: "Depressa, meu filho, a função já começou!".

Naquele dia, porém, o frio era mais perceptível na plateia do que na entrada, fazendo com que Kaname e a mulher sentissem os músculos dos pés e dos braços contrair-se involuntariamente conforme avançavam pelo corredor. Apenas um quarto das poltronas do teatro, consideravelmente grande, achava-se ocupado. O ar ali dentro tinha a mesma qualidade cortante do vento urbano e transformava os bonecos que se moviam no palco em tristes figuras friorentas, encolhidas e insípidas. Contudo, a voz soturna do narrador e o som do *shamisen* harmonizavam-se estranhamente com o quadro. Os espectadores agrupavam-se na boca do palco, deixando vazios dois terços da plateia inferior. No meio deles, destacavam-se a cabeça de um velho, calva do topo para trás, e os cabelos de Ohisa, penteados à antiga. Ao perceber que os dois se aproximavam por um dos corredores laterais, Ohisa cumprimentou-os em voz baixa:

— Sejam bem-vindos.

Em seguida aprumou-se e começou a abrir espaço, sobrepondo cuidadosamente, uma a uma, as diversas caixas da luxuosa lancheira laqueada e adornada de *makie*, agrupando-as diante de si.

— Eles chegaram — sussurrou para o velho, mudando-se para a cadeira de trás, deixando o espaço à direita dele para Misako. O velho voltou-se apenas de leve e disse:

— Olá.

A seguir, tornou a voltar-se atento para o palco. Vestia um quimono de cor indefinível, um tom de verde sóbrio e ao mesmo tempo vistoso, semelhante ao da roupa de um dos bonecos. Sobre o quimono, usava um *haori* largo, bastante antiquado. As roupas de baixo eram de tecido misto de seda e algodão amarelado. Ele havia retirado o braço esquerdo da manga e o passara para trás, por dentro do quimono, apoiando-o sobre a cerca que demarcava os pequenos camarotes. Desse jeito, suas costas, que já começavam a se encurvar, pareciam ainda mais abauladas. A escolha das roupas e a pose indicavam claramente que o homem gostava de parecer envelhecido. "Um velho deve parecer velho" era seu refrão predileto. Ele achava também que, "depois dos cinquenta, roupas de cores vistosas envelhecem as pessoas" — crença obviamente posta em prática quando escolhera o conjunto daquele dia. Kaname achava cômico o sogro definir-se como velho, pois não devia ter mais que cinquenta e seis anos, caso fosse verdade que se casara aos vinte e cinco e que a mulher, agora falecida, tivera Misako em seguida, como o ouvira contar certa vez. Para Misako, a exatidão do cálculo era ainda endossada pela ideia de que o pai mantinha intacta a sua sexualidade. "Essa mania de se definir como velho é mais um jeito que seu pai arrumou de parecer sofisticado", Kaname vivia explicando.

— Seus pés devem estar doendo. Estique-os para o meu lado... — ofereceu a gentil Ohisa, abrindo espaço diante de si.

Preparava cuidadosamente o chá para todos no exíguo espaço do camarote, oferecia doces, entabulava conversação com Misako — que por nada no mundo se voltava para ela — e ainda encontrava tempo para verter o saquê discreta e cuidadosamente na minúscula taça que o ancião retinha na mão direita, estendida para trás e apoiada no cinzeiro. "Só bebo saquê em taças laqueadas", ele começara a declarar nos últimos tempos. A de laca vermelha que ele empunhava, por exemplo, fazia parte de um jogo de três taças e tinha no fundo, em *makie*, a paisagem de uma das cinquenta e três paradas da antiga estrada federal Tokaido. Ele guardava o jogo numa minúscula gaveta embutida na lancheira, provida de alça para facilitar o transporte. E era com aquela lancheira pendendo-lhe da mão que ele ia ao teatro, qual cortesã de antanho a caminho de um piquenique em época de floração das cerejeiras. E, como levava o saquê e todos os petiscos de Kyoto, supunha-se que era o tipo do freguês não muito festejado pelas casas de chá agenciadoras das entradas (parte dos lucros dessas casas provinha da venda de lanches), e que Ohisa tivesse muito trabalho.

— Aceita? — ela perguntou a Kaname, oferecendo-lhe uma taça limpa retirada da gavetinha.

— Sim, obrigado. Na verdade, não sou de beber durante o dia, mas despi o casaco e estou começando a ficar com frio.

Um leve aroma de cravo vindo das têmporas de Ohisa roçou--lhe a face. Kaname contemplou o monte Fuji elevando-se dourado ao fundo da taça quase transbordante. Sob a montanha, espraiava-se uma cidade minúscula e detalhada, desenhada em estilo Hiroshige. "Numazu" era o nome da localidade, registrada a um canto do desenho.

— Esta taça é delicada demais, não sinto o gosto do saquê quando bebo dela — observou Kaname.

— Não é mesmo? — disse Ohisa, sorrindo e exibindo dentes cariados, detalhe que os antigos de Kyoto consideravam charmoso. A área enegrecida próxima à raiz dos dois incisivos lembrava o antigo hábito feminino de tingir os dentes de preto. Além disso, o canino direito se sobrepunha a outro dente, tão pontiagudo que chegava a prender o lábio superior. Havia gente que talvez achasse enternecedor o aspecto daquela boca, mas, honestamente, não constituía uma visão muito agradável. Misako, sempre severa em seus julgamentos, dizia que aquele tipo de boca dava uma impressão de sujeira e barbárie. Kaname, porém, tinha pena de mulheres como Ohisa, cuja ignorância as impedia de cuidar da higiene bucal.

— Todas estas maravilhas gastronômicas foram feitas em casa? — indagou Kaname, recebendo das mãos de Ohisa o pratinho com uma delicada iguaria de ovos e alga marinha.

— Foram.

— Andar com uma lancheira desse tamanho deve ser um problema, sem falar na inconveniência de ter de carregá-la outra vez na hora de ir para casa...

— Tem razão. Mas é que ele não gosta dos lanches servidos pelas casas de chá, reclama que não têm gosto...

Misako relanceou na direção dos dois, mas logo voltou o olhar para o palco.

Kaname observou que a mulher tentava estender os pés na sua direção, mas os recolhia às pressas toda vez que lhe tocavam os joelhos. Quanto esforço para evitar qualquer aparência de intimidade no interior de um apertado camarote!, pensou ele sorrindo intimamente. Procurou mudar o humor da mulher perguntando-lhe:

— E então? Está se divertindo?

— É bom variar de vez em quando, não é? Principalmente a senhora, que já deve estar cansada de ver tantos espetáculos maravilhosos! — interveio Ohisa.

— Acho mais interessante observar as expressões faciais do narrador. Há muito tempo que só olho para ele — respondeu Misako.

— Hum...! — fez o velho pai, incomodado talvez com o falatório.

Sem tirar os olhos do palco, o homem tateou ao redor e achou a tabaqueira de couro trabalhado, que tinha alojado debaixo dos próprios joelhos. Depois, continuou tateando em torno de si à procura do cachimbo, movimento prontamente percebido por Ohisa, que se encarregou de encontrá-lo debaixo da almofada, acendê-lo e pô-lo na palma da mão do ancião. O gesto pareceu sugerir-lhe o mesmo, pois tirou do obi a própria tabaqueira, feita de um tecido avermelhado que lembrava resina vegetal. Abriu em seguida a tampa do invólucro e introduziu nela a pequena mão branca.

Realmente, valia a pena assistir àquelas peças do teatro bunraku em companhia de concubinas e de saquê, pensou Kaname entre divertido e admirado no silêncio momentâneo que se seguiu. Sem ter mais o que fazer, voltou para o palco os olhos levemente embaçados pela bebida e procurou assistir à peça. A bebida, servida numa taça maior do que as usuais, começava a surtir efeito, embaralhando sua visão. O palco lhe pareceu distante, sentiu dificuldade em focalizar o rosto e a estampa das roupas dos bonecos. Kaname apertou os olhos e fixou-os na boneca Oharu, primorosamente sentada. Considerou as feições de Jihei também interessantes, lembravam uma máscara do teatro nô. Pouco afeito a assistir às peças do bunraku, os movimentos de um boneco andando lhe pareceram pouco naturais. Achou também difícil habituar-se ao aspecto inerte daqueles pés que balançavam sob o torso longo. Já Koharu, sentada imóvel e levemente cabisbaixa, era muito mais bela. O modo como a barra grossa do quimono pendia diante dos joelhos da boneca, mesmo que teoricamente ela estivesse sentada, não se lhe transmitiu naturalidade e o incomodou um pouco, mas logo conseguiu abstrair o detalhe da mente. O sogro gostava de comparar os bonecos japoneses às marionetes do grupo teatral britânico Dark. Dizia que, pelo sistema de manipulação ocidental, os bonecos ficavam suspensos no ar presos por cordas, o que tornava difícil imprimir firmeza à área do tronco. É verdade que moviam os pés e as mãos com mais naturalidade, mas não havia neles nem sombra da força e da adesividade dos movimentos humanos. Era impossível imaginar músculos pujantes por baixo das roupas dos bonecos. Já no bunraku, a própria mão do manipulador achava-se introduzida no torso do boneco, de modo que havia realmente sob as roupas um conjunto vivo de ossos, músculos e sangue pulsando. Mas isso só era possível graças ao hábil aproveitamento do vestuário, ou seja, do próprio quimono — jamais funcionaria em bonecos com roupas ocidentais. Bunraku era portanto uma técnica única, de idealização inimitável, afirmava o velho. Pensando bem, era verdade. Ao se moverem ativamente pelo palco, os bonecos pareciam desengonçados porque ficavam com as pernas balançando no ar e passavam a apresentar os mesmos defeitos das marionetes. Seguindo ainda a linha de raciocínio do idoso homem, ali estava a razão por que no teatro bunraku os gestos contidos, repletos de emoção, eram mais bem expressos pelos bonecos em posição sentada, quando então cada trejeito — tênues movimentos de ombros sugerindo arquejo, gestos sedutores e mal discerníveis — adquiria vivacidade intensa, quase assustadora. Kaname apanhou o programa e procurou o nome do bonequeiro que manipulava Koharu. Era Bungoro, artista considerado magistral. Examinou-o outra vez à luz dessa informação e notou que suas feições eram nobres e gentis, como seria de esperar de um artista tão famoso. Com um sorriso sereno nos lábios, o homem fixava o olhar repleto de ternura sobre a cabeça da boneca que sustinha nos braços, como se ela fosse realmente sua filha querida. A ventura do idoso artista, que conseguia divertir-se com a própria arte, provocou nos espectadores um leve e involuntário sentimento de inveja. Kaname lembrou-se de súbito da fadinha no filme *Peter Pan*. Pois Koharu era também um exemplar de fada, um minúsculo ser com aparência humana pousado naquele exato momento no braço do bonequeiro Bungoro, o qual, com seu colete de ombros largos dos trajes cerimoniais antigos, remetia todos a um distante passado.

— Não entendo muito disso, mas gosto da performance da boneca Koharu... — murmurou Kaname quase para si mesmo.

Ninguém se manifestou, muito embora provavelmente Ohisa tivesse ouvido seu comentário. Kaname piscava com frequência na tentativa de aguçar a vista. Aos poucos, e na mesma medida em que arrefecia a confortável sensação de calor proporcionada pela bebida, as feições da boneca Koharu se definiram em traços nítidos. Fazia já algum tempo que ela se mantinha imóvel, cabisbaixa e pensativa, com a mão esquerda metida na abertura frontal do quimono à altura do peito e a mão direita pousada na beira do braseiro. Enquanto persistia naquela contemplação, Kaname acabou afinal abstraindo da cena o bonequeiro, e Koharu deixou de ser uma fada pousada no braço do bonequeiro Bungoro para se transformar numa mulher viva, sentada num tatame. Ainda assim, ela não se parecia com uma artista desempenhando um papel. Grandes atores do teatro kabuki como Baiko ou Fukusuke, por exemplo, podiam ser exímios em suas atuações, mas deixavam entrever o ator por trás do personagem. "Este é Baiko", "Este é Fukusuke", sente o espectador. Mas o que Kaname via diante de si naquele momento era apenas Koharu, nada mais, nada menos. Aquelas feições imóveis, destituídas de expressão, podiam ser pouco satisfatórias quando comparadas às dos atores em performances emotivas, era verdade. Mas, pensando bem, as meretrizes do passado talvez não externassem suas alegrias e tristezas de modo tão óbvio quanto os atores teatrais. Koharu, personagem que viveu no período Genroku (1688-1704), devia ter sido uma "mulher com jeito de boneca". Mesmo que não fosse, Koharu seria aquela boneca e não Baiko nem Fukusuke na imaginação do público que assistia às peças teatrais *joruri*. Para os antigos, a beldade ideal devia ser circunspecta, não revelaria facilmente o seu íntimo. Uma boneca servia perfeitamente para personalizá-la. Qualquer tentativa no sentido de torná-la mais expressiva constituiria um obstáculo para a caracterização da personagem. Gente antiga talvez mentalizasse um único rosto para meretrizes como Koharu, Umegawa, Sankatsu ou Oshun, todas elas trágicas e belas heroínas do *joruri*. Ou seja, a boneca Koharu talvez simbolizasse a "eterna mulher" da tradição japonesa...

Levado pela curiosidade, Kaname tinha assistido a uma peça de bunraku havia dez anos, e guardara da experiência apenas uma impressão de profundo tédio. Hoje, comparecera ao teatro por obrigação, não esperara se divertir. Foi portanto com certo espanto que percebeu estar sendo involuntariamente atraído para o universo representado no palco. Tinha envelhecido no decorrer dos últimos dez anos, não havia dúvida! Nesse passo, logo desenvolveria as mesmas excentricidades do sogro, não tinha o direito de menosprezar sua mania de comportar-se como profundo conhecedor das artes tradicionais. Era até possível que nos próximos dez anos viesse a percorrer o mesmo caminho trilhado pelo sogro. Imaginava-se sustentando uma concubina com as mesmas características de Ohisa, quando então iria ao teatro com uma tabaqueira de couro trabalhado pendendo da cintura e uma lancheira de *makie*... Dez anos? Talvez nem precisasse de tanto tempo. No seu caso, o envelhecimento se processaria com maior rapidez porque desde moço sempre gostara de parecer mais velho e maduro...

Kaname enfocou num mesmo quadro a boneca Oharu, no palco, e Ohisa, cujo perfil de bochechas suavemente arredondadas se voltava para ele. A expressão algo sonolenta desta última guardava uma vaga semelhança com a da boneca. No mesmo instante, dois sentimentos contraditórios o assaltaram. Primeiro, que a velhice não é necessariamente triste e que nela há prazeres permitidos apenas aos idosos. Depois, que o próprio fato de se sentir daquela maneira já era sinal claro de que começava a envelhecer, mas de que ele próprio tinha de lutar contra isso. Afinal, Misako e ele não estavam tentando recuperar a liberdade para viver uma segunda juventude? Naquele momento, para ele era questão de honra não parecer envelhecido.

3.

— Quero, antes de mais nada, agradecer o convite e o telefonema de ontem — disse Kaname para o sogro quando ele se voltou inteiramente para o seu lado no início do intervalo. — O espetáculo é muito interessante, e não estou dizendo isso apenas para ser agradável, creia-me.
— E para que você se esforçaria por me agradar se não sou o bonequeiro? — replicou o sogro, complacente. Sentindo frio, enterrou o queixo numa velha e desbotada echarpe de seda *chirimen* que já havia visto dias melhores como acessório feminino e que, no momento, lhe envolvia o pescoço. — Sei que consideram tedioso esse tipo de teatro, mas não fará mal algum ver um espetáculo ao menos uma vez na vida.
— Tedioso? Ao contrário, estou me divertindo muito, e bastante surpreso com isso. Alguns anos atrás fui ver uma representação semelhante e tive uma impressão bem diferente...
— Não gosto de imaginar o destino desse fabuloso universo no dia em que artistas como os que acabam de manipular os bone-

cos Koharu e Jihei, aliás, os últimos grandes mestres dessa arte, se retirarem de cena para sempre...

Com o estojinho de pó compacto aberto na palma da mão, Misako empoava a ponta do nariz e apertava de leve o lábio inferior tentando esconder um sorriso que parecia dizer: "Vai começar a arenga...".

— Pena que a casa esteja tão vazia. A frequência é a mesma também nos fins de semana? — indagou Kaname.

— Quase sempre. Hoje está até razoável em comparação aos demais dias. Para começar, este teatro é grande demais para a função. Tamanho certo tinha o Bunraku-za, que era menor e mais aconchegante.

— Soube pelos jornais que não autorizaram a reconstrução do Bunraku-za.

— Autorização é o que menos importa. O foco do problema está na Companhia Teatral Shochiku, que não quer investir em espetáculos com este nível de frequência. O certo seria que algum filantropo de Osaka patrocinasse o empreendimento, já que o teatro *joruri* é folclore puramente regional, *Heimatkunst*, se me permitem usar um termo especializado.

— E por que não se apresenta, meu pai? — troçou Misako.

O idoso homem levou a sério a pergunta:

— Porque não sou de Osaka — redarguiu. — Acredito firmemente que o dever é dos nativos de Osaka.

— Mas o senhor é um admirador das artes de Osaka, não é? Creio até que se rendeu totalmente aos seus encantos...

— Fala de mim, mas... e você? Não pertence acaso ao grupo que se rendeu à música ocidental?

— Não necessariamente... Eu apenas não aprecio as baladas *gidayu* do teatro de bonecos. Acho muito barulhentas, entende?

— Barulhentas? Barulhento é o jazz, que ouvi há poucos dias num lugar qualquer. Aquilo é banda de terceira da civilização ocidental. Não entendo a razão do sucesso! Qualquer bandinha da roça toca daquele jeito há muito tempo em nosso país!

— O senhor deve ter ouvido uma execução de má qualidade num cinema qualquer...

— E existe jazz de boa qualidade?

— Claro que sim! Jazz é coisa séria, fique o senhor sabendo.

— Não consigo entender o gosto desta geração... Para começar, as mulheres já não sabem se comportar em público. Você, por exemplo: que é isso na sua mão, Misako?

— Isto? É pó compacto.

— Pelo que sei, está na moda e não faço objeções quanto a isso. O que não aprovo é o hábito moderno de abrir esses estojos e retocar o rosto em qualquer lugar. Vocês, mulheres, perderam todo o recato. Dias atrás, descobri que Ohisa também tinha um desses, e a proibi terminantemente de continuar usando-o.

— O senhor não faz ideia do quanto isto é prático — replicou Misako. Voltou o espelhinho de modo ostensivo para a luz e passou com cuidado o batom à prova de beijos.

— Estão vendo a pose dela? É disso que não gosto! Ah, nos meus tempos, mocinhas bem-nascidas e senhoras respeitáveis não agiam dessa maneira.

— Pois hoje em dia é a coisa mais natural, não adianta reclamar! Conheço uma senhora que se tornou famosa pelo hábito de abrir o estojo à mesa de banquetes. Ela ignora por completo se as pessoas estão se servindo e se permite um tempo enorme para retocar o rosto. Por causa dela, todo o serviço se atrasa. Isso também já é demais, até eu reconheço...

— A quem você se refere? — indagou Kaname.

— À senhora Nakagawa... Você não a conhece — respondeu Misako.

— Veja se consegue aumentar um pouco o calor, Ohisa — pediu então o velho, tirando da cintura um pequeno aquecedor corporal e murmurando: — Não consigo me esquentar neste recinto espaçoso e vazio...

Vendo que Ohisa se ocupava com o minúsculo bastão do aquecedor, Kaname apanhou o frasco de estanho — item também trazido de Kyoto — e ofereceu saquê ao sogro:

— Vamos aquecer o estômago?

No palco, os preparativos para a abertura da cena seguinte já estavam em andamento, e Misako continha, havia já algum tempo, uma surda irritação contra o marido, que, com a pachorra costumeira, não lhe oferecia a deixa para que ambos partissem. Naquele longo telefonema pouco antes de sair de casa, ela dissera a Aso: "O espetáculo não me interessa e farei o possível para estar em Suma às sete horas. Saio do teatro o mais rápido que puder". Acrescentara, contudo, que não desse como certa a sua presença, pois tinha de levar em consideração a conveniência dos demais...

— Amanhã, vou estar toda dolorida, tenho certeza — reclamou Misako, massageando os joelhos.

— Acomode-se ali até o começo da próxima cena — sugeriu Kaname indicando um ponto onde ela teria como se sentar à moda ocidental.

Cada vez mais nervosa, Misako percebeu o marido franzir o cenho de leve e lhe mandar uma mensagem silenciosa: contenha-se um pouco mais, não podemos sair tão depressa.

— Ande pelo corredor para ativar a circulação — aconselhou o pai.

— Ah, claro, isso é muito divertido! — disse Misako, mas logo disfarçou o sarcasmo, pilheriando: — Também me rendi às artes de Osaka, meu pai. Mais que o senhor, aliás. Capitulei incondicionalmente depois de assistir a um único ato!

Ohisa riu baixinho.

— E então, querido? Que decide? — pressionou Misako.

— Bem..., tanto faz — respondeu Kaname com a fleuma habitual, sem conseguir ocultar no entanto o desagrado ante a pressa da mulher em ir embora justo naquele dia.

Sabia muito bem que Misako não queria se demorar, e pretendera despedir-se do sogro no momento oportuno e de maneira educada; não era preciso que o apressassem. Misako devia ter-lhe confiado a iniciativa e mantido o bom humor. Afinal, estavam ali a convite do pai dela, não custava nada fingir um mínimo de harmonia conjugal na presença dele...

— Se formos agora, ainda chegaremos a tempo... — tornou ela a observar. Ignorando a expressão de desagrado do marido, abriu um brilhante relógio esmaltado retirado do obi. — Já que estamos perto do cine Shochiku, não quer aproveitar para assistir a um filme, meu bem?

— Para que tanta pressa? Kaname está se divertindo, minha filha, não invente histórias e fique mais um pouco. Ao cinema você pode ir qualquer dia — interveio o pai com leve impaciência, deixando entrever no cenho franzido o menino mimado que fora um dia.

— Claro, se Kaname está se divertindo, posso ficar mais um pouco... — replicou Misako.

— Além disso, vocês precisam provar o lanche feito por Ohisa. Ela trabalhou desde ontem na cozinha para aprontar essas iguarias e nós dois nunca daremos conta de tanta comida — insistiu o pai.

— Que é isso? Não os retenha por causa do lanche! Minha comida nem é tão gostosa... — protestou Ohisa, tímida, abandonando o ar alheado de criancinha forçada a ouvir conversa de adulto que vinha mantendo até então. Deslocou em seguida a tampa, posta obliquamente sobre a lancheira quadrada, e escondeu os petiscos que se apertavam no interior compondo um mosaico de rico colorido.

Ao contrário do que dizia, Ohisa era ótima cozinheira, pois o velho se empenhara em ensinar-lhe os segredos do ofício. Exigente — costumava lançar-se em minuciosas preleções até com relação ao preparo de um simples prato de tofu —, o homem ensinou à sua jovem amante as regras básicas do bom cozido, passo a passo, e desde então propagava que a comida de Ohisa era a única do seu agrado. Nada mais natural, portanto, que quisesse ver filha e genro provando-a.

— É um pouco tarde para ir ao Shochiku. Deixe isso para amanhã, Misako — disse Kaname, esperando que a mulher substituísse mentalmente Shochiku por Suma. — Vamos ver o próximo ato, apreciar o lanche que Ohisa preparou com tanto cuidado e depois decidiremos...

Mas ao descompasso entre marido e mulher novos desconfortos se juntaram enquanto assistiam ao entreato "Jihei". Pois a natureza da relação conjugal de Jihei e Osan — muito embora se tratasse apenas de dois bonecos num típico enredo *joruri* repleto de expressões exageradas e cômicas — levou Misako e Kaname a refletir sobre os próprios cotidianos e a sorrir com amargura. Ao ouvir a passagem: "Abrigaria a esposa ao seio um demônio, uma víbora?", Kaname percebeu com que propriedade o autor da balada revelava os segredos de alcova de um casal havia muito distanciado sexualmente, e sentiu um aperto no coração. Lembrou-se vagamente de que a peça não era a original, escrita por Monzaemon Chikamatsu, mas uma adaptação posterior de outro dramaturgo, Hanji Chikamatsu, se não lhe falhava a memória. Todavia, a passagem em questão devia ser parte do texto original, e nela, assim como em muitas outras, se baseava o sogro para afirmar: "A linguagem das baladas do teatro *joruri* é expressiva; prosas modernas não chegam nem aos seus pés". Um novo pensamento perturbador ocorreu-lhe nesse momento: e se o sogro cismasse de tecer os comentários habituais sobre aquela única frase?

Kaname podia até vê-lo sorrindo em busca do apoio dos ouvintes e dizendo: 'Abrigaria a esposa ao seio um demônio, uma víbora?'. Que maneira sutil de expressar uma situação conjugal desgastada! Notaram quão pitoresca era a linguagem dos antigos?". Kaname contorceu-se no íntimo ao imaginar a cena, arrependido de não se ter submetido aos caprichos da mulher e partido mais cedo.

Muitos momentos houve, contudo, em que a apresentação no palco o encantou e o abstraiu de seus aborrecimentos. Na cena anterior, concentrara toda a atenção na figura de Koharu, mas, agora, Jihei e a mulher Osan o atraíam igualmente. Num aposento onde se destacava a treliça escarlate de uma janela, deitava-se Jihei com a cabeça num travesseiro e as pernas mergulhadas num cobertor, atentando, imóvel, para a comovente ária da mulher, Osan... A vaga inquietação do jovem macho que anseia pelas luzes feéricas da zona do meretrício ao cair da noite... Kaname tinha quase certeza de que a cena se passava ao anoitecer, embora não houvesse referência na balada entoada pelo narrador. Do outro lado daquela treliça escarlate devia haver uma paisagem urbana antiga, a Osaka dos mercadores, com seus morcegos voejando ao escurecer. Considerou — sem muita propriedade, talvez, já que se tratava de uma boneca — que as feições de Osan pareciam mais melancólicas e menos sedutoras que as da meretriz Koharu, na certa porque exprimiam a realidade de uma esposa virtuosa negligenciada pelo marido. Estranhou também que o aspecto artificial das pernas balançando inertes sob os dois bonecos coadjuvantes Tahei e Zenroku, em louca correria pelo palco naquele momento, já não o incomodasse tanto como na cena anterior. Talvez tivesse se acostumado à visão. Deu-se conta ainda de que todos aqueles personagens que praguejavam, vociferavam, brigavam e se insultavam mutuamente — Tahei, por exemplo, chorava alto, aos berros — em torno de Koharu tinham como função ressaltar-lhe a beleza. O sogro tinha razão: as barulhentas baladas *gidayu* não eram necessariamente vulgares. As manifestações emocionais exageradas tinham a virtude de salientar o efeito dramático...

A linguagem das baladas *gidayu* sempre soara vulgar aos ouvidos de Kaname, que nelas detectava a impertinência e o atrevimento dos habitantes de Osaka, o desprezo pelas convenções na defesa dos seus interesses. Tais características eram insuportáveis para Kaname, que nascera e se criara em Tóquio, assim como Misako. De um modo geral, os habitantes de Tóquio são tímidos, consideram pouco educada, ofensiva até, a audácia da gente de Osaka, acostumada a se acercar com familiaridade de estranhos em transportes coletivos e indagar — cúmulo dos cúmulos! — o preço ou a procedência de algum acessório que o referido estranho esteja usando e que lhe tenha despertado o interesse. Visto por um ângulo positivo, seria possível dizer que os habitantes de Tóquio têm mais bom senso. Em contrapartida, o bom senso extremado é capaz de levar a uma excessiva preocupação pelas aparências, tornando as pessoas tímidas e apáticas. Seja como for, para um nativo de Tóquio com tais características, a linguagem das baladas *gidayu* expõe de modo chocante a rudeza que ele tanto odeia. Mesmo levando-se em conta que os trejeitos visam exprimir uma emoção violenta, para que contorcer o rosto, repuxar os lábios e vergar o tronco de modo tão grotesco? Se a emoção só pode ser expressa dessa maneira, os nativos de Tóquio a contornam e transformam numa observação espirituosa.

Além de tudo, Kaname sentia também maior afinidade e certa nostalgia pelo som limpo, em claro staccato, do *shamisen* que acompanha uma canção *nagauta*, ou seja, pelo jeito de tocar o instrumento da região de Tóquio. Talvez tudo não passasse de uma questão de familiaridade, já que se habituara a ouvir Misako, que se educara nesse estilo, tocando-o com frequência nos últimos tempos para tentar esquecer a secreta tristeza da vida conjugal atribulada. O sogro, contudo, afirmava que o estilo *nagauta* tinha de ser tocado por mãos extremamente habilidosas. Só assim o som das cordas do *shamisen* não era sobrepujado por um outro, rascante, do plectro batendo no couro do instrumento. Nesse aspecto, dizia o velho homem, o som do *shamisen* tocando uma balada *joruri* ou uma canção *jiuta* — ambos da região de Osaka — era mais agradável, pois o plectro batia com menos força nas cordas e extraía um som redondo e ressonante. Misako e Kaname discordavam: os instrumentos musicais japoneses eram de concepção simples, alegavam os dois, e tinham de ser tocados com a vivacidade de Tóquio; os sons redondos e pesados de Osaka não se adequavam ao instrumento. Aliás, quando o assunto em discussão era música, os dois sempre se opunham ao velho homem e defendiam os mesmos pontos de vista.

O pai de Misako gostava de chamar genericamente de "os moços de hoje" todos os que tinham de alguma forma aderido aos valores ocidentais, definindo-os como bonecos manipulados por cordas, sem peso nem substância. Verdade seja dita, suas declarações eram sempre exageradas: quem o ouvisse, jamais haveria de imaginar que, em seu tempo, ele próprio fora adepto dos mais exacerbados costumes ocidentais. Agora, se ouvisse alguém afirmar que os instrumentos musicais japoneses eram primitivos em sua concepção, ele se irritava e se lançava fervorosamente numa de suas intermináveis arengas. Nessas ocasiões, Kaname se retraía por preguiça de contradizer o sogro, mas, no íntimo, não se sentia muito feliz em ser classificado como um dos muitos moços sem peso nem substância. Kaname tinha perfeita consciência de que admirava a cultura ocidental porque se sentia vagamente insatisfeito com o padrão estético do Japão contemporâneo, em sua maior parte calcado em valores dos tempos do xogunato Tokugawa (1603-1867). Contudo, nunca encontrara as palavras certas para explicar tudo isso ao sogro. A insatisfação talvez fosse, em síntese, com o gosto duvidoso da classe mercantil na origem da cultura japonesa do período Tokugawa, ou seja, com o forte ranço de cidade baixa — reduto dos mercadores — que impregnava de ponta a ponta a referida cultura. Nascido e criado na cidade baixa, ele próprio não tinha nenhuma razão para desgostar dela. Mas se por um lado recordava com nostalgia sua atmosfera, o próprio fato de ter sido parte dessa atmosfera o enfastiara do seu cheiro, da vulgaridade que lhe era inerente. Como reação, passara a ansiar por valores diametralmente opostos, valores que envolviam religiosidade e idealismo. Só se satisfaria com algo que, ultrapassando a esfera do belo, do gracioso e do delicado, possuísse uma aura de espiritualidade, uma nobreza tocante — algo que o levasse a prostrar-se em fervorosa adoração, ou que lhe proporcionasse a emocionante sensação de ser alçado às alturas. A busca por tais valores não se restringia apenas às artes, estendia-se também ao sexo oposto, idólatra que era do sexo frágil. Até então, ele não havia tido o prazer de deparar com o que buscava nem no campo artístico nem no amoroso, apenas sonhava com isso. E, exatamente por ser um sonho, transformava-se em objeto de intenso anseio. A ansiedade era parcialmente saciada nos momentos em que entrava em contato com a literatura, a música e os filmes ocidentais. E por quê? Porque o Ocidente sempre idolatrou o sexo frágil, desde a Antiguidade. O homem ocidental vê na mulher amada uma deusa grega, a imagem da sagrada mãe de Deus. Tal propensão se estende a inúmeros hábitos e costumes ocidentais, com reflexos, talvez, nas artes, imaginava Kaname. A ausência desse ideal entre os japoneses o fez sentir uma tristeza indescritível. Ainda assim, havia nas artes dos séculos XII a XVII, de raízes budistas, e também no teatro nô, por exemplo, a austera nobreza das coisas clássicas, não podia negar. Com a chegada do período Tokugawa e com o progressivo distanciamento entre o povo japonês e a religião budista, surge, porém, uma crescente tendência à vulgarização. As mulheres cantadas por Saikaku ou Chikamatsu são todas tocantes e doces, desmancham-se em prantos no colo dos homens, mas não conseguem obrigá-los a se prostrar diante delas e a adorá-las. Por essa razão, Kaname preferia ver os filmes produzidos em Holywood a assistir às peças do teatro kabuki. O mundo cinematográfico norte-americano, com a sua profícua criação de novas beldades e seu hábito de cortejá-las, estava, apesar de vulgar, mais perto do seu sonho. No extremo oposto, junto às coisas de que não gostava, estavam as baladas *gidayu* de Osaka, uma amostra fiel ao gosto atrevido do período Tokugawa — muito diferente do teatro e da música de Tóquio, os quais espelhavam em certa medida o espírito vivo e galante do povo dessa região.

Agora, no entanto, era incompreensível, não sentia o antagonismo costumeiro. Desde o momento em que pusera os olhos no palco, fora facilmente arrastado para o mundo do teatro *joruri*, e até o som opressivo do *shamisen* tinha se infiltrado em sua alma sem encontrar resistência. Kaname teve de admitir que até nas paixões da antiga burguesia, classe que ele tanto desprezava, podia existir algo capaz de satisfazer seu anseio. A disposição clássica dos cenários *joruri* — cortina comercial curta vedando parcialmente o umbral em arco, a soleira pintada de vermelhão e a portinhola de treliça no canto esquerdo do palco — costumava lembrar a Kaname, não sem desgosto, o ambiente escuro e úmido das cidades baixas. Naquele dia, porém, descobriu surpreso que esse ambiente escuro e úmido guardava a profundeza de um santuário e o brilho baço de uma auréola de imagem búdica fechada em relicário antigo. Bruxuleante, coberto pela poeira de séculos de tradição, podia passar facilmente despercebido, pois não tinha o fulgor dos filmes americanos...

— Não estão com fome? Sirvam-se, por favor... — disse Ohisa no início do novo intervalo, distribuindo em pratinhos as iguarias da lancheira. — Não sou boa cozinheira, realmente. Espero que não fiquem desapontados.

Com as imagens de Koharu e Osan ainda queimando suas pálpebras e a impressão de que o sogro estava prestes a se lançar de uma hora para outra na temida arenga em torno da passagem do demônio ou da cobra ao seio da esposa, Kaname não conseguia apreciar direito o que lhe fora servido.

— Perdoem-nos a grosseria de comer e sair, mas está na hora de nos despedirmos... — começou Kaname.

— Já? Fiquem mais um pouco... — disse Ohisa.

— Eu até gostaria, mas Misako quer mesmo ir ao Shochiku e...

— Ah, claro! — disse Ohisa em tom compreensivo. Seus olhos observavam pai e filha simultaneamente.

Kaname e Misako aproveitaram o prólogo do ato seguinte e saíram para o corredor acompanhados por Ohisa.

— Não posso dizer em sã consciência que me esforcei por agradar ao meu velho — comentou Misako com um suspiro de alívio mal se viu no meio das luzes do quarteirão Dotonbori. Notou em seguida que o marido se dirigia em silêncio para a ponte Ebisu e o chamou: — Você está indo para o lado contrário!

— É mesmo?... — disse Kaname, voltando atrás e seguindo a mulher que ia em passos rápidos para a área da ponte Nihonbashi.

— Achei que daquele lado fosse mais fácil apanhar um táxi.

— Que horas são?

— Seis e meia.

— Não sei o que fazer — murmurou a mulher, calçando as luvas que retirara da manga do quimono.

— Vá, ainda está em tempo. A hora não chega a ser imprópria.

— Pego o bonde na estação Umeda?

— Se está pensando no meio de transporte mais rápido, será melhor pegar o bonde da linha Hankyu e, depois, pegar um táxi em Kamitsutsui. E, nesse caso, despedimo-nos aqui.

— E você?

— Caminho até a ponte Shinsaibashi e de lá vou-me embora.

— Se chegar primeiro em casa, peça a alguém que me espere na estação às onze horas, está bem?

— Está bem.

Kaname sinalizou para um Ford e ajudou a mulher a embarcar. E, só depois de ver-lhe o perfil enquadrado na janela do carro, voltou a se misturar à multidão do Dotonbori.

4.

Caro Hiroshi:

Como vai? Quando começam as férias escolares? E os exames, já terminaram? Minha próxima estada entre vocês deverá coincidir com as suas férias. Estou dando tratos à imaginação para decidir o que lhe levar de presente. Ando há algum tempo à procura do cão da raça cantonesa que você me pediu, mas não está fácil achá-lo aqui em Xangai. Embora sejam províncias igualmente chinesas, Cantão fica bem longe de Xangai, é quase um outro país. Por aqui, o cão da moda é o galgo. Se você quiser, posso levar um desses. Mando junto com esta carta a foto de um exemplar dessa raça para o caso de você não a conhecer.
 Por falar em fotos, que acha de ganhar uma máquina fotográfica Pathé Baby 9,5 mm? Escreva-me dizendo o que prefere, o cão ou a câmera. Diga ao seu pai que encontrei na Kelly and Walsh o exemplar do Arabian Nights que ele me pediu e que o estou levando.

Mas atenção, Hiroshi: esse Arabian Nights *não é para crianças, é leitura de gente grande, entendeu?*

Diga à sua mãe que, para ela, eu mesmo escolhi cortes de damasco e chamalote, com os quais poderá mandar fazer alguns obi. Pode ser também que ela acabe apenas maldizendo o meu gosto, como sempre. Diga-lhe que é muito mais difícil escolher o presente dela do que procurar o seu cão, Hiroshi.

Prevejo que minha bagagem será volumosa e que não poderei dar conta de tanta coisa sozinho. Mandarei um telegrama se estiver levando o cão. Peça ao seu pai que mande alguém me esperar no porto.

Se tudo correr bem, estarei a bordo do Xangai-Maru, *que aportará em Kobe no dia 26.*

Um abraço.

Hideo Takanatsu

Pela hora do almoço do dia 26, Hiroshi, que tinha ido ao porto em companhia do pai, saltitava pelo corredor do navio e descobria com presteza o camarote procurado.

— Onde está o cão? — perguntou, mal viu o tio.

— O cão, o cão... Ah, está lá fora — respondeu Takanatsu.

Usando jaqueta em tecido de fibra crua, suéter cinza azulado e calça de flanela da mesma cor, Takanatsu andava de um lado para o outro no estreito espaço do camarote, juntando suas coisas e fumando. A impressão de desassossego era ainda maior porque transferia sem cessar o charuto da mão para a boca e da boca para a mão.

— Você trouxe uma mudança inteira! Quantos dias pretende ficar? — indagou Kaname.

— Desta vez, tenho alguns assuntos a resolver em Tóquio. Pretendo também me hospedar cinco ou seis dias em sua casa, espero que não se importe — respondeu Takanatsu.
— Que é isso?
— Vinho Shaoshin, safra bem antiga, segundo me disseram. Posso dar-lhe uma garrafa, se você quiser.
— Passe-me aquelas miudezas. Peço ao velho *jiiya* que as leve. Ele está esperando lá embaixo, basta mandar chamá-lo.
— E o cão, pai? Quem vai se encarregar do cão? — indagou Hiroshi. — *Jiiya* ficou de levá-lo, lembra-se?
— Não se preocupe, Hiroshi. O cão é manso, você mesmo dará conta de levá-lo — tranquilizou-o o tio.
— Ele não morde, tio?
— De jeito nenhum. Pode fazer o que quiser, jamais morderá. Vai saltar e tentar demonstrar sua alegria quando você se aproximar.
— Como é que ele se chama?
— Lindy. É diminutivo de Lindbergh. Belo nome, não acha?
— Foi o senhor que lhe deu esse nome?
— Não. O dono era europeu e já o tinha batizado, entendeu?
— Hiroshi — interveio Kaname nesse instante, interrompendo o excitado interrogatório do filho. — Vá até lá embaixo e chame o *jiiya* para mim. O camaroteiro não dará conta de carregar tanta bagagem.
— O garoto me parece bem-disposto — comentou Takanatsu puxando um embrulho volumoso e pesado de debaixo da cama e lançando um olhar rápido para as costas do menino, que se afastava.
— Crianças sempre parecem bem-dispostas, mas as aparências enganam. O menino anda ansioso. Ele não deixou transparecer nada disso nas cartas? — indagou Kaname.
— Não reparei.
— O que, aliás, seria de esperar. O menino não saberia o que escrever, já que suas preocupações não têm forma ainda.

— Notei, porém, que me mandou cartas com maior frequência. Talvez esteja se sentindo só e inseguro... Bom, isso é tudo — exclamou Takanatsu com aparente alívio e sentando-se à beira da cama. Só então conseguiu tirar baforadas longas e gostosas do seu charuto. — De tudo que ouvi, deduzo que ainda não contou para o garoto...

— Ainda não.

— Como sempre digo, você e eu pensamos diferente a respeito dessas coisas.

— Mas se ele me perguntasse, eu diria a verdade.

— Essa é boa! Como espera que o menino pergunte se você, que é o pai, não tem coragem de tomar a iniciativa?

— Entendeu agora a razão de eu não dizer nada?

— Mas isso não está certo... Ainda acho que seria muito melhor você contar aos poucos do que revelar a verdade de supetão. Daria tempo para o menino digerir o assunto.

— Acontece que Hiroshi já se deu conta de que há algo errado. Nem Misako nem eu lhe dissemos nada, mas temos feito o suficiente para que ele tire conclusões. Talvez já tenha ideia do que está por acontecer e tenha se preparado intimamente para a eventualidade.

— Pois então! Está mais fácil falar com ele agora. Ponha-se no lugar do seu filho e pense: se você não lhe diz nada, ele pode imaginar as piores situações possíveis e se angustiar! E se ele estiver imaginando, por exemplo, que corre o risco de nunca mais ver a mãe? Concorda que você lhe traria alívio se desse a conhecer a situação verdadeira e afirmasse que isso jamais acontecerá?

— Já pensei nisso tudo, creia-me... Mas vou protelando porque não suporto a ideia de que eu, o pai, esteja causando tamanho sofrimento ao meu filho.

— O sofrimento nem seria tão grande quanto imagina, Kaname. Não faz ideia do quanto as crianças são valentes. Adultos sentem pena das crianças porque medem com a mesma régua as próprias emoções e as delas. Esquecem que a natureza dotou as crianças de força para suportar esse tipo de sofrimento porque elas estão crescendo. Se você explicar direito, o garoto compreende e aceita com naturalidade...

— Sei de tudo isso. Esteja certo de que eu mesmo considerei todos esses aspectos que você acaba de mencionar.

Na verdade, Kaname aguardara a chegada do primo de Xangai com um misto de expectativa e contrariedade. Considerando a fraqueza do próprio caráter — fraqueza que o levava a evitar até o último momento discutir assuntos que considerava desagradáveis —, esperara que o primo, ao chegar, o obrigasse a encarar o problema mesmo a contragosto e a solucioná-lo de imediato. Agora que se via frente a frente com o problema, contudo, parecia-lhe que uma possibilidade distante se aproximara de súbito para ameaçar sua tranquilidade, e se sentia muito mais propenso a fugir do que a buscar uma solução.

— Que quer fazer em seguida? Vamos direto para a minha casa? — indagou para mudar de assunto.

— Tanto faz. Tenho algumas coisas a resolver em Osaka, mas elas podem esperar.

— Venha então para a minha casa, desfaça as malas e descanse alguns dias.

— E Misako?

— Sei lá... Estava em casa, ao menos quando saí.

— Acha possível que esteja à minha espera?

— Talvez sim, talvez não. Pode ter se ausentado para que possamos conversar à vontade, ou pode ter transformado a sua chegada em boa desculpa para ela própria sair.

— Entendo... Quero também saber o que ela pensa, mas antes preciso saber direito o que você pensa. Via de regra, divórcio não é assunto em que terceiros devam se intrometer, por mais íntimos que sejam do casal, mas vocês dois são exceção, já que não conseguem resolver sozinhos os próprios problemas.

— Já almoçou? — perguntou Kaname, tornando a mudar de assunto.

— Ainda não.

— Que acha de comermos em Kobe? Hiroshi terá de ir para casa porque precisa levar o cachorro.

— Fui ver o cão, tio! — disse o garoto entrando no camarote nesse instante. — Ele é lindo! Tem o porte de um cervo!

— Pois é também um corredor veloz, mais veloz que um trem, segundo dizem. A melhor maneira de exercitá-lo é andar de bicicleta ao lado dele. Essa raça costuma competir em hipódromos — ensinou Takanatsu.

— Não é hipódromo, tio. O termo certo é canódromo.

— Você me pegou, senhor sabichão!

— Ele já está livre do risco de pegar cinomose, tio?

— Claro, já tem um ano e sete meses. O problema agora é descobrir como vocês o levarão para casa. De trem até Osaka e depois de táxi, talvez?

— Não se preocupe, tio. A linha Hankyu aceita cães. Basta cobrir a cabeça dele com um pano.

— Ora, ora! Desde quando temos uma visão tão moderna de serviço?

— O Japão não fica nada a dever aos outros países, não é mesmo? — vangloriou-se Hiroshi no dialeto de Osaka.

— É verdade! — disse Takanatsu, tentando imitá-lo.

— Seu sotaque soa estranho, tio. Não é assim que as pessoas dessa região falam.

— Meu filho dominou com perfeição o dialeto de Osaka e vive nos corrigindo — interferiu Kaname. — Usa a língua-padrão de Tóquio em casa e o dialeto de Osaka na escola, imagine!

— Falo a língua-padrão também na escola, se me pedem, mas como a maioria dos alunos só usa o dialeto...

— Hiroshi! — disse o pai, interrompendo a tagarelice do filho. — Pegue o cão e vá para casa com o *jiiya*, está bem? Seu tio disse que tem negócios a resolver em Kobe e...

— E o senhor, pai?

— Acompanho o seu tio. Ele me disse que sente falta do sukiyaki do Mitsuwa, de modo que vou com ele até lá. Você não deve estar com muita fome porque acordou tarde e acabou de fazer a refeição matinal, não é mesmo? Ademais, tenho alguns assuntos a tratar com o seu tio...

— Ah, entendi — disse o menino. Parecia adivinhar que assuntos eram aqueles, pois ergueu a cabeça e lançou um olhar temeroso para o pai.

5.

— E então, Kaname? Que tipo de atitude pretende tomar quanto ao Hiroshi? Continuo achando que é melhor deixá-lo a par dos fatos. Se você não consegue falar com o menino, posso fazer isso por você.

Takanatsu não era açodado, tinha apenas o hábito de desincumbir-se de suas obrigações com método e eficiência. Sendo assim, retomou o assunto mal estirou as pernas no aposento reservado do restaurante Mitsuwa, sem ao menos dar tempo para o sukiyaki levantar fervura.

— Não, não faça isso. Ainda acho que a obrigação de contar é minha — disse Kaname.

— Claro que é. Apenas me ofereci porque você não me parece disposto a cumprir tão já essa sua obrigação.

— Deixe-me cuidar do assunto ao meu modo, está bem? Ninguém conhece o garoto melhor que eu. Talvez você nem tenha se dado conta disso, mas Hiroshi comportou-se hoje de maneira bem inusitada.

— Em que sentido?
— Notou como exibiu o domínio do dialeto de Osaka? Pois Hiroshi dificilmente faria isso em condições normais, nem lhe chamaria a atenção para a definição errada que você deu. As brincadeiras passaram da conta, mesmo considerando o carinho que ele sente por você.
— Realmente, achei a vivacidade do garoto um pouco exagerada... Fingia, então?
— Com certeza.
— E por quê? Sentiu-se acaso na obrigação de demonstrar alegria na minha presença?
— Em parte... Na verdade, Hiroshi tem medo de você. Ele gosta de você e, ao mesmo tempo, tem medo.
— Explique-se.
— Meu filho ignora a quantas anda a minha relação com Misako, mas vê em sua chegada o prenúncio de uma alteração formal. O menino sabe que, deixados a sós, os pais dele são incapazes de tomar a resolução que ele tanto teme e acha que você veio para nos forçar a isso.
— Sei... Quer dizer que não sou bem-vindo?
— Não exatamente. Hiroshi adora ganhar presentes e quer encontrar-se com você, disso tenho certeza. Como já disse, gosta muito de você, mas, desta vez, sua chegada lhe causou medo. Nesse aspecto, meu filho e eu partilhamos os mesmos sentimentos. Por exemplo, na questão que você levantou há pouco, sobre contar a verdade, percebo claramente pela atitude do menino que, assim como eu não quero contar, ele também não quer ouvir nada. Hiroshi deve achar que você é uma pessoa imprevisível, capaz de obrigá-lo a tomar conhecimento de algo que o pai não acha oportuno revelar-lhe.
— Agora entendi. Ele fingia animação para camuflar o medo...

— Eu, Misako e Hiroshi somos todos igualmente covardes. No momento, assumimos os três postura idêntica com relação a esse problema. E, para ser absolutamente franco, eu mesmo encarei sua chegada com muito medo, Takanatsu.

— Que acontece se eu não disser mais nada e deixar todos vocês à mercê de suas próprias sortes?

— Pior ainda. Estamos com medo, não vou negar, mas está claro também que será muito melhor encontrar uma solução para o nosso caso.

— Bela enrascada... E que diz de tudo isso o tal Aso? Se vocês não se sentem capazes de assumir uma atitude, peçam a ele que tome as rédeas da situação. Sou capaz de apostar que tudo se resolverá num instante.

— Acontece que esse indivíduo também não quer assumir nenhuma responsabilidade. Segundo Misako, Aso já declarou que não se sente no direito de fazer nada enquanto ela não tomar uma decisão.

— Na situação dele, até eu diria o mesmo... Eu não gostaria de acabar com fama de destruidor de lares.

— Sem falar que, desde o começo, prometemo-nos mutuamente só levar adiante essa história com total anuência das partes interessadas, aguardando o momento ideal para Aso, para Misako e para mim.

— Pois vão esperar para sempre. O tal momento ideal nunca chegará enquanto um de vocês não tomar a providência decisiva, acredite!

— Não é verdade. Tanto não é que considerei as atuais férias escolares do Hiroshi um desses momentos ideais. Não suporto imaginar meu filho indo para a escola com o coração pesado de tristeza e derramando lágrimas repentinas sobre o caderno no meio de uma aula, entende? Mas, se não houvesse aulas, eu o levaria para uma viagem, ou talvez ao cinema, e o distrairia. Aos poucos, o menino suplantaria a tristeza.

— Então, por que não faz exatamente isso?

— Porque este não é um bom mês para Aso. Ele não quer criar problemas familiares e aborrecer o irmão mais velho, que está indo para a Europa justo no início do próximo mês. Alega ainda que, estando o irmão longe do país, encontrará no seio da própria família menos resistência à união dele com Misako.

— Quer dizer que, agora, terão de esperar até as próximas férias de verão?

— Creio que sim. As férias de verão são mais longas e...

— Você nunca resolverá seu problema desse jeito. Quem garante que no próximo verão não terão surgido novas circunstâncias indesejáveis?

Takanatsu estendeu a mão máscula, ossuda e de veias salientes, que talvez por efeito do saquê tremia de leve, como a sustentar um grande peso. Bateu em seguida o charuto na borda da vasilha cheia de água sob o fogareiro portátil e derrubou as cinzas acumuladas na ponta em camadas concêntricas, como uma couve.

Kaname via o primo a cada dois ou três meses, ou seja, toda vez que Takanatsu chegava de Xangai. E muito embora nas conversas insistisse em discutir apenas "a melhor época para o divórcio", a verdade era que Kaname não tinha nem sequer resolvido se separar realmente da mulher. Takanatsu, por seu lado, considerava o divórcio uma decisão certa e só pensava em discutir a melhor data não por ser favorável à separação, mas porque Kaname lhe passava a impressão de que já optara por isso e o consultava apenas quanto à melhor maneira de levar avante sua opção. Tal comportamento de Kaname não era, porém, um esforço consciente no sentido de esconder a própria indecisão: diante do jeito másculo e decidido do primo e sentindo-se contagiado pela coragem, toda vez que o via punha-se a falar como se o divórcio já estivesse decidido.

Kaname apreciava os encontros com o primo porque lhe proporcionavam a sensação de estar brincando com o próprio destino. Frente a frente com Takanatsu, o divórcio — que, por ser covarde demais para concretizar, Kaname só conseguia imaginar — adquiria cores e vida, coisa que muito o divertia. Isso não significava de maneira alguma que Kaname se valesse do primo para construir uma fantasia: com um pouco de sorte, ele esperava na verdade transformar a fantasia em realidade.

Claro está que o divórcio é uma experiência triste. A tristeza é um sentimento inerente a essa situação, quaisquer que sejam os parceiros envolvidos. Quando afirmava que não adiantava esperar de braços cruzados pelo momento ideal porque tal momento jamais chegaria, Takanatsu estava coberto de razão. Tanto que não vacilara como Kaname por ocasião do próprio divórcio, ocorrido havia alguns anos. Decisão tomada, Takanatsu chamara a mulher à parte certa manhã e lhe explicara minuciosamente os motivos que o levavam a pedir o divórcio. Já anoitecia quando terminou. E, depois de haver comunicado que a decisão era irrevogável, envolvera a mulher nos braços e se despedira dela, ambos em lágrimas a noite inteira. "Nós dois choramos; quanto a mim, cheguei a chorar alto", contou ele tempos depois. Kaname, que acompanhara de perto todo o processo, invejara o comportamento decidido do primo em todo o episódio, e esse foi um dos motivos que o levaram a pedir-lhe ajuda quando se viu na mesma situação. Realmente, qualquer indivíduo capaz de enfrentar tragédias com a disposição de Takanatsu e de chorar alto nos momentos de maior tristeza devia se sentir muito bem uma vez passada a tormenta. E, embora estivesse convencido de ser esse o único caminho para o próprio divórcio, Kaname não se achava capaz de imitá-lo. Impedia-o a timidez natural dos nativos de Tóquio, a preocupação com as aparências. Considerava grotesco tanto o desempenho emotivo do narrador *gidayu* do teatro de bonecos, como a sua própria participação numa cena de choro e de ranger de dentes. Queria resolver a questão com elegância, sem enfear o rosto com uma única lágrima. Queria que a separação fosse uma experiência única, em que tanto ele como a mulher compreendessem perfeitamente um ao outro, como se suas emoções tivessem origem num único cérebro. Tal desejo, sentia Kaname, não era de todo irrealizável, já que havia uma pequena diferença entre a sua situação e a de Takanatsu. Para começar, não guardava ressentimento algum contra a mulher de quem estava por se separar. Embora tivessem perdido mutuamente o interesse sexual, partilhavam os mesmos gostos e pensamentos. Os dois viviam uma relação em que, para o marido, a esposa deixara de ser uma mulher e, para a esposa, o marido deixara de ser um homem. E era a percepção dessa condição anômala — de duas pessoas casadas vivendo juntas sem estarem realmente casadas — que lhes causava desconforto. Fossem os dois simples amigos, talvez a relação entre eles transcorresse na mais perfeita harmonia. Ali estava a razão por que Kaname pretendia manter a amizade da mulher mesmo depois de separados. Gostava de pensar que, transcorridos alguns anos do divórcio, seria capaz de se relacionar com uma nova Misako, a qual já seria então mulher de Aso mas ainda mãe do Hiroshi, e de frequentar a casa dela sem ser tolhido por lembranças do passado. Desse modo, a tristeza da separação seria bastante atenuada no momento do divórcio, muito embora esse tipo de amizade talvez nunca viesse a se estabelecer por uma questão de deferência a Aso e à opinião pública. "Se Hiroshi adoecer, você vai me avisar, não vai? E, se isso acontecer, prometa também que me permitirá visitá-lo! Prometa, ou não terei sossego. Aso já concordou...", dizia Misako. Kaname tinha certeza de que, ao falar das doenças do filho, Misako se referia também às do pai. Aliás, ele próprio esperava poder visitar Misako numa eventual situação inversa. Os dois tinham sido infelizes no casamento, era verdade. Contudo, haviam partilhado a mesma cama durante mais de dez anos e, juntos, tido um filho. O divórcio não deveria jamais transformá-los em estranhos totais, impedi-los de se verem mesmo às portas da morte ou no caso de lhes acontecer algo inteiramente inesperado. Tanto Kaname como Misako queriam divorciar-se amparados nessa convicção. Mais adiante, os dois poderiam casar-se de novo com parceiros diferentes e ter filhos do novo casamento, quando então talvez até pensassem de maneira diferente. No momento, porém, Kaname sentia que se apegar a essa convicção era o melhor modo de tornar menos amarga a separação.

— Você pode até achar graça, mas, na verdade, não foi só por causa do menino que eu planejei o divórcio para março.

— Não? — ecoou Takanatsu, observando com atenção o primo, que, com um sorriso contrafeito nos lábios, contemplava o cozido no interior da panela.

— Escolhi março por ser também a melhor época do ano. O que eu quero dizer é que as estações do ano exercem grande influência sobre o humor das pessoas. Outono é a pior época para divórcios. A tristeza se intensifica. Sei de um homem que desistiu de se divorciar só porque, no momento da separação, a mulher debulhou-se em lágrimas e disse: "Tem de ser agora? Veja, o inverno vem chegando e o frio...". Essas coisas acontecem, acredite!

— Quem é esse homem?

— Não o conheço pessoalmente. Apenas ouvi alguém comentando o caso...

— Ah, ah! Pelo jeito, você anda por aí à cata de exemplos!

— Engana-se. Não ando à cata de exemplos, como diz você, mas histórias de divórcio chamam a minha atenção porque tento imaginar como as pessoas reagem. Quase nenhuma me serve como padrão de conduta porque meu caso é raro, não existem no mundo muitos casais na nossa situação.

— Resumindo, você achou que a melhor época para a separação é agora, quando o tempo começa a esquentar?

— Mais ou menos. Resta ainda um pouco de frio no ar, mas o calor já vem chegando. Logo as cerejeiras vão florir e brotos verdes despontarão por toda parte... O ambiente pode abrandar a tristeza.

— A opinião é apenas sua?

— Não. Misako também pensa como eu. Ela já disse: "Se for para nos separarmos, quero que seja na primavera. É a melhor época do ano".

— Ah, essa não! Está querendo me dizer que, agora, vão esperar um ano inteiro até a próxima primavera?

— Não necessariamente. O verão também é interessante... O problema é que a minha mãe faleceu no mês de julho, em pleno verão, lembra? Nessa época, a paisagem inteira se ilumina e se enche de cores. Mas, naquele ano específico, senti, apesar de tudo, não haver estação mais triste que o verão. Eu não conseguia conter as lágrimas toda vez que contemplava a vegetação viçosa em tardes de calor sufocante, lembro-me disso muito bem...

— Está vendo? É por isso que insisto: não adianta esperar até a primavera! As cerejeiras podem estar floridas, mas, se você está triste, chora ao vê-las!

— Pode até ser que você tenha razão, mas... sem época ideal estabelecida, o leque de escolha se amplia tanto que me perco por completo...

— Estou começando a achar que esse divórcio nem vai acontecer.

— Acha mesmo?

— O que eu acho ou deixo de achar não é importante. Quero saber o que *você* acha.

— Pois não faço a menor ideia do que vai acontecer. Sei apenas que existem motivos absolutamente claros para uma separação. Se Misako e eu já não nos dávamos bem anteriormente, agora que ela começou esse caso com o Aso — caso esse cujo início, diga-se de passagem, não só permiti, como também incentivei — não há condição alguma para continuarmos casados. Aliás, já não estamos casados, essa é a verdade. Frente a frente com essa verdade, tanto eu como Misako não sabemos que caminho tomar: se o da tristeza momentânea ou o do sofrimento para o resto de nossas vidas. Melhor dizendo, a resolução já está tomada. Falta-nos apenas coragem para levá-la avante.

— Mas, se vocês já não são mais marido e mulher, o divórcio significaria apenas não morar na mesma casa. Esse tipo de raciocínio não lhe traz alívio?

— Eu me esforço por raciocinar dessa maneira, mas não ajuda muito.

— E também temos que considerar o Hiroshi. Mas até mesmo para ele a separação vai significar apenas que o pai e a mãe vão morar em casas diferentes, não quer dizer que ele deixe de ser o filho querido da Misako.

— É óbvio que existem famílias em circunstâncias semelhantes no mundo inteiro. Diplomatas ou funcionários designados a servir no interior costumam seguir sozinhos para seus postos ou deixam filhos com parentes em suas cidades natais. Sem falar nos casos das crianças do interior que vêm morar sozinhas na cidade grande para continuar seus estudos. Se compararmos, Hiroshi está em melhor situação, sei disso. No entanto...

— Em outras palavras, é você que está triste. Mas a realidade não é tão triste quanto você imagina.

— Pois tristeza é isso, não é? Subjetiva, afinal das contas... O problema principal é que Misako e eu não conseguimos nos odiar mutuamente. Como seria fácil, se conseguíssemos... Em vez disso, cada um acha que o outro está coberto de razão. Isso é mal...

— A solução mais fácil e prática seria Misako e Aso se casarem, sem nada dizer a você.

— Tempos atrás, Aso parece ter proposto essa solução, mas, pelo jeito, Misako respondeu entre risadas que só conseguiria tomar uma atitude tão ousada se a drogassem e a levassem embora enquanto dormia.

— E se você provocasse uma briga com ela?

— Também não daria certo porque estaríamos representando e saberíamos disso. Não adianta berrar um para o outro: "Saia já da minha casa!" e "Saio com muito prazer!" porque na hora de sair mesmo acabaríamos chorando...

— Vocês dois são realmente problemáticos! Cheios de histórias até para se separar...

— Bom seria se houvesse algo assim como um entorpecente psicológico...Você sentiu ódio da Yoshiko por ocasião do seu divórcio?

— Eu a odiei, mas ao mesmo tempo tive pena dela, entende? Ódio real, que vem do fundo da alma, um homem só é capaz de sentir por outro homem.

— Desculpe-me se o ofendo, mas... é menos complicado divorciar-se de mulheres que, no passado, já foram "profissionais da noite", não é? A maioria delas é decidida, já conheceram e se separaram de muitos homens e, se quiserem, podem voltar facilmente à profissão anterior...

— Ainda assim, a separação não é fácil.

Por instantes, Takanatsu manteve o cenho franzido, mas logo recuperou a animação habitual e disse:

— Essa questão é semelhante à das estações do ano. Na hora de separar, não existem parceiras fáceis ou difíceis, do mesmo jeito que não existem estações propícias ou desfavoráveis, entendeu?

— Tem certeza? A mim me parece que as do tipo rameira são mais fáceis que as do tipo caseira. Será impressão minha?

— Pois as rameiras são até mais comoventes pelo próprio fato de aparentarem frieza. Há também um outro problema a considerar: o caminho que tomam depois do divórcio. É um alívio quando conseguem casar de novo e sossegar, mas, se retornam à antiga profissão, comprometem de certa maneira a reputação dos ex-maridos, entende? Eu mesmo me posiciono acima dessas picuinhas, claro... Seja como for, você há de convir que, rameiras ou caseiras, ninguém consegue, sem tristeza, separar-se de uma mulher.

Por instantes, os dois apenas remexeram em silêncio o cozido na panela. Juntos, não haviam ainda esvaziado duas botijas de saquê, mas a suave embriaguez era persistente, afogueava-lhes o rosto e lembrava a aproximação da primavera.

— Vamos pedir os outros pratos — disse Takanatsu.

Kaname apertou o botão para chamar a garçonete.

— Pensando bem — continuou Takanatsu —, mulheres japonesas modernas têm, todas elas, um quê de rameira, não lhe parece? Veja a Misako, por exemplo: não se pode dizer que ela seja do tipo cem por cento caseiro.

— No começo, era. Hoje em dia, apenas dissimula a alma caseira com maquiagem de rameira.

— Tem razão. A maquiagem exerce papel preponderante na aparência da mulher, não há dúvida. Ultimamente, é grande a influência das atrizes norte-americanas na maquiagem das mulheres japonesas, o que acaba por dar esse arzinho artificial de mulher-dama. Vejo o mesmo acontecendo em Xangai.

— Não posso negar também que, no caso da Misako, fui parcialmente responsável por dar-lhe essa aparência.

— Culpe a sua mania de idolatrar mulheres. Idólatras femininos sempre preferem rameiras às caseiras.

— Uma coisa não tem nada a ver com outra. Eu a queria com jeito de rameira porque, voltando ao meu raciocínio anterior, julguei ser mais fácil separar-me dela desse jeito. E foi aí que me enganei. Acho até que teria dado certo se a transformação tivesse sido total. Mas, do jeito como realmente aconteceu, não passou de uma camada de verniz superficial que revela a textura da madeira original em momentos cruciais, dando uma impressão falsa, desagradável.

— E Misako? Que pensa ela de tudo isso?

— Diz que realmente mudou para pior, que perdeu a pureza antiga. Não há dúvida quanto a isso, mas a culpa é metade minha.

Repentinamente, Kaname deu-se conta de que, desde o seu casamento com Misako, vivera todos os meses e anos com uma preocupação em mente: encontrar a melhor maneira de divorciar-se dela. Seu único desejo como marido tinha sido o de separar-se da mulher. Naquele momento, teve uma visão clara da própria crueldade. Nunca fora capaz de amar Misako, mas supunha ter ao menos se esforçado para não desprezá-la. Contudo, haveria desprezo maior que isso para uma mulher? Rameira ou caseira, extrovertida ou introvertida, de que jeito haveria uma mulher de suportar a triste sina de ter tal homem por marido?

— Quisera fosse Misako realmente do tipo mulher-dama... Porque, nesse caso, eu não teria nada a reclamar.

— Duvido! Você não teria tolerado se ela tivesse sido como a Yoshiko.

— Não se ofenda, mas eu não teria me casado com uma rameira, entende? E nem com uma gueixa. Prefiro mulheres do tipo rameira, mas refinadas e inteligentes...

— E se uma delas começasse a se comportar como uma verdadeira rameira depois de casada com você? Não me diga que nem assim você não se importaria!

— Mas, sendo inteligente, ela se controlaria...

— Muito conveniente, sim, senhor! E onde você vai achar uma mulher que preencha todos seus requisitos, posso saber? Vocês, idólatras do sexo frágil, deviam passar a vida inteira solteiros, porque nenhuma mulher, por mais perfeita que fosse, seria capaz de satisfazê-los!

— Para ser franco, estou mesmo arrependido de ter casado. Se eu me divorciar, creio que não voltarei a me casar por um bom tempo... ou para sempre, talvez.

— Assim diz o verdadeiro idólatra, para depois se casar de novo e se arrepender outra vez. Sabia disso?

A garçonete entrou para servir os demais pratos e interrompeu o diálogo.

6.

Quase dez horas da manhã, Misako abriu os olhos no aconchego da sua cama, mas continuou deitada desfrutando uma rara sensação de tranquilidade, ouvindo o filho chamar os cães repetidas vezes no jardim:

"Lindy, Lindy!"

"Peônia, Peônia!"

Peônia era uma cadela da raça collie comprada em Kobe em maio do ano anterior, assim batizada porque, na ocasião, as peônias estavam em plena floração no jardim da casa. Pelo visto, Hiroshi havia tirado o galgo do canil para pô-lo em contato com a collie.

— Pare com isso, Hiroshi. Cães não costumam fazer amizade tão depressa. Deixe-os sozinhos que se entenderão naturalmente.

Essa voz era de Takanatsu.

— Mas... não é verdade que machos nunca brigam com fêmeas, tio?

— É verdade, mas o cão acabou de chegar ontem! Você está forçando a situação.

— Se os dois brigarem, quem ganha?
— Não faço ideia. As coisas se complicam porque são quase do mesmo tamanho. Se um deles fosse bem maior que o outro, seria tolerante com o menor e os dois logo se entenderiam.

No decorrer de todo o diálogo os dois cães latiam alternadamente. Misako voltara tarde para casa na noite anterior e ainda não havia visto o galgo que o primo do marido trouxera de Xangai. Com o próprio primo, que parecia cansado da viagem e sonolento, conversara apenas cerca de trinta minutos. Aquele ganido rouco devia ser da collie. Diferente do marido e do filho, Misako não gostava muito de cães, mas acabara por se afeiçoar à Peônia porque a cadela costumava sempre vir com o velho *jiiya* até a estação para buscá-la nas noites em que retornava tarde para casa. Ao vê-la emergir à boca da bilheteria, o animal saltava sobre ela fazendo tilintar a corrente. No começo, Misako se irritava e reclamava do velho *jiiya* maior atenção enquanto espanava as manchas de terra deixadas pelas patas da collie no quimono. Aos poucos, porém, foi se afeiçoando ao animal a ponto de, nos últimos tempos, chegar a fazer-lhe carinho e oferecer leite vez ou outra. Na noite anterior, por exemplo, alisara a cabeça da cachorra, que saltara de alegria ao vê-la descer do trem; e Misako dissera: "Alô, Peônia! Seu amiguinho já chegou da China?". Peônia, sentia Misako, era a emissária da casa do marido, a primeira a lhe dar as boas-vindas quando chegava.

A pesada porta veneziana do quarto permanecera cerrada para que ela pudesse dormir até mais tarde. Contudo, o sol batia forte na bandeira da janela, dando a perceber que lá fora fazia um dia glorioso, propício à floração dos pessegueiros. Por falar em pessegueiros, já era época do Festival de Bonecos outra vez... Armo ou não o tablado dos bonequinhos este ano?, perguntou-se Misako. Quando ela nascera, o pai, entusiástico apreciador de bonecos, mandara confeccionar na tradicional casa Kyube, em

Kyoto, um conjunto de bonecos em estilo antigo. O conjunto fizera parte do seu enxoval quando se casara com Kaname. Após a mudança da família para a região de Kansai, Misako adotara o costume regional de comemorar o Festival dos Bonecos no dia 3 de abril, um mês depois das comemorações na região de Kanto. Mas para que manter uma tradição tão antiga se não tinham tido filhas e se ela própria já perdera o apego pelos bonecos?, perguntava-se. O problema, porém, era o pai. Agora que ela e Kaname haviam se mudado para perto de Kyoto, o velho homem dava-se ao trabalho de visitá-los todo ano na época do festival só para rever seus queridos bonecos. Assim fizera nos dois anos anteriores, assim faria também naquele, acreditava Misako. Não era a perspectiva de remexer nas velhas caixas empoeiradas do armário que a incomodava, mas a de suportar outra cena constrangedora como a que presenciara no teatro Benten, quando fora assistir ao bunraku. Haveria alguma desculpa convincente para não armar o tablado naquele ano?, perguntava-se. Podia sondar a opinião do marido... E, quando enfim se separasse de Kaname, devia ou não levar consigo os bonecos? Talvez Kaname não gostasse de tê-los rolando pela casa...

    Sabia por que os bonecos tinham começado a incomodá-la de repente. Era porque imaginara vagamente não estar mais naquela casa pela época do festival, quando os pessegueiros floriam. E a primavera já chegara. Prova disso era o agradável aquecimento do clima, perceptível até naquele quarto fechado. Deitada de costas e com a cabeça aninhada no travesseiro, Misako contemplou por instantes a luminosa claridade refletida na bandeira da janela. Percebia a mente desanuviada pelas longas horas de sono — havia muito não dormia tanto! —, mas não conseguia renunciar de imediato ao aconchego da cama e à deliciosa sensação de poder estirar pernas e braços à vontade. Ao seu lado, estava a cama vazia do filho Hiroshi e, mais além, a do marido. Por sobre o travesseiro do marido, espiava o arranjo de camélias no vaso de porcelana Imari cor lápis-lazúli, depositado no nicho da parede. Tinha de se erguer de uma vez porque havia um hóspede na casa, pensou Misako, mas eram tão raras as manhãs em que podia se dar ao luxo de dormir tanto... Eram raras porque vinham mantendo o hábito de um dos dois se levantar todas as manhãs com Hiroshi, que dormia desde o seu nascimento na cama instalada entre as deles. Misako assumira a tarefa de acordar primeiro para dar ao marido a oportunidade de dormir um pouco mais. Mesmo aos domingos, erguia-se a contragosto às sete da manhã porque, apesar de não ter aulas, era nesse horário que o filho invariavelmente acordava. Dormir pouco não a fazia sentir-se especialmente mal, e diminuir as horas de sono era, também, um bom recurso para não engordar muito, o que vinha ocorrendo gradativamente nos últimos tempos. Não obstante, como era bom dormir até tarde... Vez ou outra, porém, achava que negligenciava a saúde descansando tão pouco. Tomava então um sonífero e tentava dormir à tarde, mas quase sempre sentia a mente alerta e o sono não chegava. Apenas duas ou três vezes por mês tinha a oportunidade de dormir um pouco mais pelas manhãs, nas ocasiões em que Kaname, obrigado a marcar presença uma vez por semana em seu escritório de Osaka, lembrava-se de ajustar o horário de saída ao do filho. Seja como for, dispor do quarto inteirinho para si era um acontecimento raro.

    Os cães continuavam a ladrar, e Hiroshi, a gritar: "Lindy", "Peônia!". A balbúrdia agitava a manhã serena de primavera e fazia imaginar que o céu lá fora teria as mesmas maravilhosas cores das últimas cinco ou seis manhãs. Hoje tinha de conversar com Takanatsu, naturalmente... No momento, porém, a perspectiva quase não a incomodou. Não mais que o destino dos bonecos... Sabia que não adiantava se aborrecer. Queria manter-se sempre serena, como o céu daquela manhã, lidar com seus problemas como se fossem simples bonecos. E, então, sentiu de repente uma curiosidade quase infantil: qual seria a aparência do novo cão? Instigada, resolveu finalmente se levantar.

— Bom dia! — gritou Misako, quase tão alto quanto o filho, entreabrindo apenas a veneziana.

— Bom dia! — respondeu Takanatsu. — Não vai acordar, dorminhoca?

— Que horas são?

— Meio-dia.

— Mentira! Aposto que não são nem dez horas.

— Como pode dormir tanto num dia lindo como o de hoje? Estou abismado!

— Ah, ah! Dias lindos servem também para se dormir um pouco mais.

— Sem mencionar a descortesia com o seu hóspede!

— Não posso estar sendo descortês porque você não é um hóspede de verdade.

— Seja como for, lave o rosto e desça de uma vez. Tenho um presente para você também — disse Takanatsu. Galhos de ameixeira encobriam parcialmente o rosto voltado para o alto.

— É esse o cão?

— Em carne e osso. Esta raça está na moda em Xangai nos últimos tempos.

— Não é lindo, mãe? O tio me disse que é para você andar com ele — interveio Hiroshi.

— Por quê?

— Porque galgos são quase um complemento da toalete feminina no Ocidente — explicou Takanatsu. — Em outras palavras, ressaltam a beleza das damas que se fazem acompanhar por eles, entendeu?

— Mesmo a minha?

— Mesmo a sua.

67

— Mas ele é tão magro...Tenho medo de parecer gorducha ao lado dele.

— Pensando bem, começo a achar que é o cão que dirá: "Esta senhora ressalta a minha beleza!".

— Por essa você me paga!

Takanatsu e Hiroshi riram da sua indignação.

No jardim, restavam ainda cerca de seis ameixeiras da época em que a área pertencia a uma família de agricultores. As árvores mais apressadas costumavam florir nos dias frios do começo de fevereiro. Umas após outras, as demais as seguiam, alcançando o auge em meados de março. No momento, quase todas as flores já se tinham ido, restando apenas alguns brilhantes botões brancos em dois ou três galhos. Os dois cães tinham sido atados em troncos de ameixeiras a uma distância segura para evitar que se mordessem. Cansados de latir, tanto Lindy como Peônia jaziam agora na clássica pose de esfinge, encarando-se mutuamente com ferocidade. Galhos de ameixeira entrelaçavam-se diante da janela obstruindo parcialmente a visão, mas pareceu a Misako que o marido se encontrava na varanda da ala construída em estilo ocidental. Ela apenas entrevia um vulto recostado na poltrona de ratã, folheando um livro grande de caracteres ocidentais, com uma xícara de chá diante de si. Quanto a Takanatsu, sentava-se numa cadeira que havia carregado para o jardim e vestia um *haori* listrado sobre o pijama. As ceroulas revelavam-se por baixo da barra do pijama, cobrindo-lhe de forma pouco elegante os calcanhares nus.

— Deixe-o preso aí mesmo. Desço num instante para vê-lo — pediu Misako.

Tomou um rápido banho de imersão e desceu para a varanda.

— E então? Vocês já fizeram a refeição matinal? — perguntou.

— Claro! Esperamos um bom tempo, mas como nos pareceu que você não pretendia sair da cama tão já... — respondeu Kaname. Mantinha a xícara erguida e examinava, entre goles de chá, o livro aberto sobre os joelhos.

— Seu banho a aguarda, madame — interveio Takanatsu.

— Nesta casa, a patroa deixa um pouco a desejar no quesito hospitalidade, mas a criadagem é de excelente nível. Quando acordei esta manhã, já havia água quente esperando por mim. Vá se banhar, se não se incomoda de usar a banheira depois de mim.

— Pois é o que acabo de fazer. Infelizmente, não sabia que você me havia precedido — disse Misako.

— Não quero duvidar da sua palavra, mas... que banho rápido, não? — disse Takanatsu.

— Você me garante que estou a salvo, Takanatsu? — tornou a dizer Misako.

— A salvo do quê?

— De pegar *aquelas* doenças chinesas usando a banheira depois de você?

— Protesto! O Kaname aqui é foco de transmissão muito maior que eu, fique a senhora sabendo.

— As minhas são doenças domesticadas em território nacional, não são perigosas como as suas — aparteou Kaname.

Nesse momento, Hiroshi chamou do jardim:

— Mãe! Venha ver o Lindy!

— Já vou. Antes, porém, quero registrar uma queixa: você e seus cães fizeram o favor de me tirar de um sono gostoso esta manhã. Até o Takanatsu resolveu gritar a plenos pulmões no meu jardim mal o dia clareou!

— Devo esclarecer, para seu governo, que a despeito deste meu jeito de bon-vivant, sou um autêntico homem de negócios. Em Xangai, acordo todas as manhãs às cinco e não dispenso um galope matinal pela área de Szechuan antes de seguir para o escritório.

— Quer dizer que continua cavalgando? — indagou Kaname.

— Continuo. Faça sol ou faça chuva, não me sinto bem se não dou a minha volta matinal — respondeu Takanatsu.

— Mandem o menino trazer o cão para cá — pediu Kaname à mulher e ao primo que se afastavam na direção das ameixeiras. Pelo jeito, não tinha vontade de se afastar da varanda ensolarada.

— Seu pai está lhe pedindo para levar o cão até a varanda, Hiroshi — disse Misako.

— Lindy!

Os galhos de uma ameixeira agitaram-se além dos arbustos e, no mesmo instante, Peônia começou a ladrar com voz rouca.

— Pare com isso, Peônia! Não, Peônia! Tio! Tio! Segure a Peônia para mim. Ela não quer me deixar passar com o Lindy!

Agora, era Misako que gritava:

— Peônia! Não pule desse jeito! Pare, já disse.

Logo surgiu esbaforida e galgou num salto a varanda sem ao menos descalçar os tamancos, fugindo da cadela que saltara em cima dela para lamber o seu rosto.

— Você é teimosa demais, Peônia! Não me obedece nunca! Para que a trouxe junto, Hiroshi?

— É que ela não dava sossego, mãe.

— Cães são animais extremamente ciumentos, Misako — explicou Takanatsu, que, agachado ao pé da escada ao lado de Lindy, passava repetidas vezes a palma da mão por seu pescoço.

— Que é que você está fazendo? Procura carrapatos? — indagou Kaname.

— Não, mas... experimente passar a mão nesta área, Kaname. É curioso...

— Como assim?

— É o mesmo que passar a mão por uma garganta humana — explicou Takanatsu, alisando ora o pescoço do cão, ora o próprio.

— Não estou mentindo, não. Passe a mão aqui, Misako, e veja.

— Eu passo, eu passo! — interveio Hiroshi, antecipando-se à mãe. — É verdade! E agora deixe-me sentir a sua garganta, mãe!

— Que é isso, meu filho? Onde já se viu comparar-me ao cão? — reclamou Misako.

— Qual o problema? — disse Takanatsu. — Tenho certeza de que a pele da sua mãe não é tão macia quanto a deste cão, Hiroshi. Ela podia ficar orgulhosa, caso fosse.

— Você me ofendeu, Takanatsu. Passe a mão no meu pescoço agora e tire a prova, faço questão.

— Vamos, vamos. Não se irrite tanto e alise o cão, Misako. E então? Não é curioso?

— Realmente... não é mentira. Venha alisar também, querido — disse Misako para o marido.

— Vejamos... — acedeu Kaname, descendo da varanda e aproximando-se. — Você está certo, Takanatsu! Isto aqui se parece mesmo com um pescoço humano. Que estranho!

— Fiz ou não uma descoberta interessante? — vangloriou-se Takanatsu.

— O pelame curto provoca essa sensação acetinada semelhante à da pele humana. A gente se esquece de que a área é coberta de pelos.

— Além disso, é quase da grossura do humano. Quem tem o pescoço mais grosso: eu ou ele? — disse Misako, juntando os dedos em círculo para medir os diâmetros. — Ah, mas o meu é mais fino que o dele. Ele só dá a impressão de ter o pescoço fino porque é muito esbelto.

— Ora essa! A grossura é idêntica à minha — observou Takanatsu. — Colarinho tamanho quatorze e meio!

— Se eu sentir saudades suas, vou ficar alisando o pescoço do cão, Takanatsu — riu Misako.

— Olá, Tio! — disse Hiroshi para o cão, acocorando-se ao seu lado outra vez.

— Ah, ah! Quer dizer que, de hoje em diante, vamos esquecer "Lindy" e passar a chamá-lo de "Tio", Hiroshi? — riu Kaname.

— É uma boa ideia, não acha, tio Takanatsu? Vem cá, Tio, Tio!

— Você devia ter dado esse cão a outra pessoa, Takanatsu — Misako tornou a aborrecer-se.

— Que outra pessoa? — indagou Takanatsu, desconfiado.

— Não entendeu? Estou me referindo àquela pessoa que de bom grado passaria dias alisando esse pescoço... Sei que ela existe, não adianta disfarçar.

— Ah, agora entendi! Você o trouxe para mim por engano... — Kaname ajudou a caçoar.

— Nunca ouvi tanta besteira junta! E na frente do menino, além de tudo. Está explicado por que as crianças hoje em dia são tão atrevidas — queixou-se Takanatsu.

— Por falar nisso, pai — interrompeu-os Hiroshi mudando por completo o rumo da conversa —, lembrei agora que, ontem, quando eu e o *jiiya* trazíamos o Lindy para casa, um homem viu o Lindy e disse uma coisa muito engraçada.

— É mesmo? Que disse ele?

— Eu e o *jiiya* andávamos pela avenida à beira-mar, e esse bêbado veio atrás da gente com ar intrigado e disse: "Que cachorro estranho! Parece mais uma enguia!".

Os adultos gargalharam.

— Bem observado! Este cão lembra realmente uma enguia. Lindy, você é uma enguia, ouviu bem? — repetiu Takanatsu, ainda rindo.

— Salvo por uma enguia, Takanatsu? — provocou Kaname em voz baixa.
— Repararam que Peônia tem o mesmo tipo de rosto do Lindy, fino e alongado? — observou Misako.
— Deixe-me explicar a vocês, pobres mortais ignorantes em assuntos caninos: collies e galgos têm o mesmo porte físico. A diferença maior está no pelame. Os collies têm pelo longo, e os galgos, curto.
— Mas... e o pescoço?
— Recuso-me a discutir pescoços outra vez. Cheguei à conclusão de que a minha descoberta não foi tão interessante quanto imaginei...
— Parados desse jeito, lado a lado ao pé da escada, os cães lembram um pouco a entrada do Mitsukoshi, não lembram? — disse Misako.
— Por quê, mãe?
— Como por quê, Hiroshi? Não me diga que você, um genuíno *edokko*, nascido e criado em Tóquio, nunca viu os leões de pedra à entrada da loja Mitsukoshi em Tóquio! Não admira que fale tão bem o dialeto de Osaka! — reclamou Takanatsu.
— Ah, tio! Eu só morei em Tóquio até os seis anos de idade!
— Verdade? Como o tempo passa, não é mesmo? E, desde então, nunca mais voltou para lá, Hiroshi?
— Nunca mais. Eu até gostaria de ver a cidade outra vez, mas o pai nunca me leva. Vai sempre sozinho. Minha mãe e eu ficamos em casa.
— Que tal ir comigo? Aproveite as férias! Eu o levo para conhecer os leões da loja Mitsukoshi.
— Quando?
— Amanhã ou depois.
— Não sei se posso... — murmurou o menino.
Uma repentina sombra cruzou-lhe o rosto, até então animado.

— Não quer ir, Hiroshi? — disse Kaname.

— Querer eu quero, mas... Ainda não terminei as tarefas escolares, entendem?

— É nisso que dá não seguir os conselhos da sua mãe. Não me cansei de lhe dizer para resolver suas tarefas de uma vez, Hiroshi? Mas, se você se concentrar, fará tudo ainda hoje, meu filho. Comece agora mesmo e termine até o fim do dia. E, depois, vá com o tio para Tóquio! Vá, Hiroshi!

— A lição de casa não chega a ser um problema. Você poderá fazê-la até dentro do trem. Eu o ajudo — ofereceu-se Takanatsu.

— Quantos dias o senhor pretende ficar em Tóquio, tio?

— Volto sem falta antes do início das suas aulas. Prometo.

— E onde vamos ficar?

— No Hotel Imperial.

— Mas o senhor vai estar ocupado o dia inteiro, não vai?

— Que é isso, meu filho? — interveio Misako. — O tio o convida para um passeio em Tóquio e você ainda hesita? Se o menino não for atrapalhar, leve-o com você, Takanatsu, por favor! Vai ser um alívio ficar livre dele por alguns dias.

Um pouco pálido e com um sorriso rígido nos lábios, Hiroshi observava fixamente os olhos da mãe. O convite para o passeio havia surgido casualmente naquele momento, mas Hiroshi parecia sentir que era parte de um plano prévio estabelecido pelos adultos. Claro estava que iria a Tóquio com prazer se tinham a intenção de proporcionar-lhe alguns momentos de pura diversão. O problema era o tio. Na hora de voltar para casa, o homem podia de repente lhe dizer, ainda dentro do trem: "Hiroshi. Hoje, quando você chegar em casa, sua mãe já não estará mais lá. Seu pai me encarregou de avisá-lo, meu filho". Ficava apavorado só de imaginar a situação, mas, ao mesmo tempo, a ideia lhe parecia tão boba e infantil... E ali ele se deixava ficar, inquieto e hesitante, incapaz de avaliar com segurança o que ia pela mente dos adultos.

— Tem mesmo de ir a Tóquio, tio?

— Por que pergunta, Hiroshi?

— Porque, se não tem nada muito importante a fazer por lá, podia passar o tempo todo conosco. Seria muito mais divertido desse jeito, não seria? Até para os meus pais...

— Lindy lhes fará companhia. Se sentirem minha falta, alisam o pescoço dele, ora! — replicou Takanatsu.

— Mas Lindy não sabe falar. Não é, Lindy? Você não pode substituir o tio, pode, Lindy?

De cócoras diante do cão, o menino acariciou-lhe o pescoço pressionando ao mesmo tempo o rosto contra a barriga do animal. Havia algo estranho nos gestos e na voz. Talvez chorasse, imaginaram os adultos.

Realmente, a ruptura da relação familiar podia ser iminente, mas a presença de Takanatsu aliviava tensões e permitia a todos pilheriar com prazer. Tanto Misako como Kaname podiam descontrair-se, em parte porque Takanatsu se esforçava para pô-los à vontade e, em parte, porque não precisavam representar diante dele: o primo sabia de tudo. Pela primeira vez em meses, Misako ouvia a risada do marido. Recostada a uma poltrona na varanda voltada para o sul, dava-se conta da paz desse momento em que o filho brincava com o cão, o marido conversava e ela própria intervinha com observações, ambos entretendo o hóspede que viera de longe... Aqueles minutos preciosos, serenos, mostravam de modo incongruente que, livres da necessidade de representar, restava-lhes ainda alguma coisa que lembrava uma relação conjugal harmoniosa. Ambos sabiam que o momento era fugaz, mas queriam desfrutá-lo plenamente, descansar por momentos da fadiga de suas vidas.

— Gostou do livro? Você me parece bastante interessado — observou Takanatsu.

— Estou, realmente — respondeu Kaname.

O livro estivera aberto sobre a mesa com a face voltada para baixo, mas Kaname o apanhara outra vez e o erguia agora à altura do rosto, de modo que só ele pudesse vê-lo. Na página oposta via-se um harém com mulheres nuas em calcogravura.

— Você não faz ideia de quantas vezes tive de ir ao Kelly and Walsh para negociar a compra desse livro, Kaname. Quando me avisaram que finalmente havia chegado da Inglaterra, fui até lá disposto a fechar o negócio. Mas o vendedor deve ter percebido meu interesse e resolveu me explorar. Insistiu que o preço era de duzentos dólares e não quis abater nem um centavo. Alegou que só existia aquela única coleção em toda a Londres e que era absurdo pechinchar. Como desconheço o mercado de livros, acabei achando que ele tinha razão. Mesmo assim, teimei um bocado, até que consegui finalmente um desconto de dez por cento. Em troca, o homem exigiu pagamento à vista e em dinheiro.

— Céus! Que livro caro! — admirou-se Misako.

— Livro, não. Livros. São dezessete volumes. Isso explica o preço — disse Kaname.

— E não queiram saber o trabalho que me deu trazer para cá todos os dezessete volumes! Foram classificados como obscenos, e as ilustrações são comprometedoras, entendem? Se a alfândega os descobre, eu teria muito que explicar. Resolvi então metê-los numa mala e trazê-los como bagagem pessoal, mas se vocês soubessem como pesam...! Não queiram saber quanto suei para carregá-los. Exijo uma bela comissão para compensar o esforço.

— *As mil e uma noites* para adultos é muito diferente da versão para crianças, pai? — perguntou Hiroshi, cujo interesse parecia ter sido despertado pelo comentário do tio, muito embora não entendesse integralmente o sentido. Seu olhar tentava havia algum tempo entrever a ilustração sob a mão do pai.

— É semelhante em alguns trechos e diferente em outros. Na verdade, *As mil e uma noites* é uma obra para adultos. As histórias que compõem o seu livro, Hiroshi, foram especialmente selecionadas para crianças.

— No seu livro tem a história do Ali Babá? — perguntou o menino.

— Tem.

— E a do Aladim e a Lâmpada Maravilhosa?

— Tem.

— E o "Abre-te Sésamo"?

— Também. Aliás, todas as histórias que você conhece.

— Não é difícil ler em inglês? Quanto tempo o senhor vai levar para ler tudo, pai?

— Tudo, não, meu filho. Vou ler apenas os trechos que me parecerem interessantes, entendeu?

— Ainda assim, é digno de louvor. Quanto a mim, já esqueci o pouco inglês que sabia. Excetuando as transações comerciais, são raras as oportunidades de usar essa língua — explicou Takanatsu.

— O curioso é que esse tipo de literatura atiça em qualquer pessoa a vontade de ler, mesmo com consultas constantes ao dicionário — disse Kaname.

— Atiça a vontade de ler em qualquer pessoa que viva de rendas, como você. Pobres, como eu, não têm tempo para isso.

— Mas ouvi dizer que você é um dos muitos novos-ricos deste mundo, Takanatsu — interveio Misako.

— Pois mal ganhei, perdi tudo outra vez.

— Perdeu como?

— No mercado de câmbio.

— E, por falar em câmbio, quantos ienes valem cento e oitenta dólares? Deixe eu pagar antes que me esqueça — disse Kaname.

— Você vai pagar, Kaname? É presente, não é, Takanatsu? — perguntou Misako com ar inocente.

— Está brincando!? Onde já se viu um presente tão caro? Isto aqui, minha senhora, é encomenda do seu marido, entendeu? — retrucou Takanatsu.

— E o meu presente? Vai cobrar também? — tornou Misako, ainda troçando.

— É verdade, tinha me esquecido completamente dele. Vamos ao meu quarto. Lá, você escolhe o que lhe agradar.

Os dois se dirigiram para o quarto destinado ao hóspede, no segundo andar.

7.

— Ah, que cheiro medonho! — exclamou Misako mal entrou no quarto, agitando o ar e em seguida tapando o nariz com as mangas do quimono. Correu depois para as janelas e escancarou-as todas.

— Falo sério, Takanatsu! Que cheiro pavoroso! Continua comendo aquelas coisas?

— Claro, mas sempre fumo charutos de boa qualidade depois para disfarçar o cheiro.

— Pior ainda! Os dois se misturam e dão nisto. O quarto inteiro está cheirando, nunca vi fedentina igual. Se pretende continuar com seus hábitos, peço-lhe encarecidamente que não use os pijamas da minha casa.

— Não se preocupe porque nada restará no pijama depois de lavado. De qualquer modo, agora é tarde demais: já o usei mesmo e não vou me despir.

Misako nada percebera enquanto haviam estado no jardim, mas ali, no aposento fechado, o cheiro do alho e o do charuto tinham se misturado durante a noite, resultando num odor acre e pestilento que feria o olfato. A teoria favorita de Takanatsu era: "Na China, coma alho como os chineses. Assim, estará imune às doenças endêmicas". Tanto era verdade que, em Xangai, nunca dispensava às refeições um bom prato chinês repleto de alho. "Os chineses usam alho em todos os pratos, sempre. Comida chinesa, para ser autêntica, tem de cheirar a alho", completava. De volta ao Japão, levava consigo dentes de alho seco, os quais ingeria fatiados, como remédio de sua farmácia homeopática particular — um remédio para todos os males. Alegava não poder dispensá-los porque eram tônicos estomacais e energéticos, mas Kaname troçava: "A primeira mulher do Takanatsu pediu divórcio porque ele fedia".

— Por tudo o que lhe é sagrado, fique um pouco mais longe de mim, Takanatsu — pediu Misako.

— Se não suporta, tape o nariz, ora... — resmungou Takanatsu tirando seguidas baforadas do charuto. Em seguida, espalhou sobre a cama o conteúdo de uma mala que, de tão gasta, podia ser descartada sem dó.

— Céus, quanta mercadoria! Você me saiu um perfeito gerente de armarinho...

— É que vou a Tóquio, desta vez... Espero que você encontre no meio destas peças algo à altura do seu gostinho refinado, mas tenho a impressão de que vou ouvir as costumeiras reclamações...

— Quantas peças posso escolher?

— Não mais que duas ou três... Que acha desta?

— Parece coisa de velha...

— Coisa de velha...? Espere aí: quantos anos tem você? O gerente da casa Rogyusho me garantiu que com este tecido se faz um obi apropriado para mocinhas na faixa dos vinte e para jovens senhoras.

— E você acredita em gerentes chineses?

— Acontece que esse administra uma loja frequentada por japoneses e conhece perfeitamente o gosto do nosso povo. Minha mulher, por exemplo, sempre se aconselha com ele.

— Continua não sendo do meu gosto. Ademais, esta lã é rústica.

— Que mulher exigente... Tem direito a três peças se forem deste tecido, mas, se quiser adamascados, posso lhe dar só duas.

— Prefiro adamascados, mesmo tendo direito a apenas duas. Vou tirar melhor proveito delas. Que acha desta peça?

— Ah, essa...?

— Como "ah, essa..."?

— Eu a estava reservando para a irmã mais nova do Asanuno.

— Que horror! Coitada da Suzuko, ia ficar parecendo uma velhota.

— Que horror digo eu! Só mesmo uma perua velha usaria um obi tão chamativo!

— Ah, ah! Sou perua mesmo, que se há de fazer...

Takanatsu sobressaltou-se, mas já era tarde: Misako ria com aparente frieza, tentando salvar a situação.

— A observação foi imprópria. Peço à mesa que ignore as últimas palavras e que não as registre em ata — acudiu Takanatsu.

— Tarde demais. A observação já foi registrada, não adianta retratar-se a esta altura.

— Asseguro à mesa que não houve nenhuma intenção ofensiva em minhas palavras. Contudo, reconheço que macularam a reputação da virtuosa dama e perturbaram o bom andamento da sessão, crimes pelos quais peço desculpas respeitosamente.

— Tudo bem, a dama nem é tão virtuosa... — riu Misako.

— Quer dizer que não preciso me retratar?

— Por esta vez, deixo passar. A reputação, aliás, será maculada de qualquer maneira, mais dia menos dia...

— Que pessimismo é esse? Que eu saiba, vocês estão se cuidando para que isso não aconteça, não é verdade?

— Quem está cuidando é o Kaname, mas não acho que surtirá efeito... Você dois conversaram, ontem?

— Conversamos.

— O que é que ele pensa de tudo isso?

— Como sempre, nada muito definido, nem muito objetivo.

Com as vistosas peças de tecido para obi espalhadas entre eles, os dois se sentaram cada um numa ponta da cama.

— E você, pensa o quê?

— Eu? Ora, eu... não posso exprimir em poucas palavras o que penso.

— Se não pode em poucas palavras, tente em muitas.

— Você tem o dia livre, Takanatsu?

— Tenho. Foi com esse objetivo em vista que terminei ontem à tarde tudo o que tinha de fazer em Osaka.

— E Kaname?

— Disse que pretendia ir com Hiroshi assistir a uma peça no teatro Takarazuka.

— Hiroshi tem de terminar seus deveres de casa, Takanatsu. E, depois, leve-o com você a Tóquio, por favor.

— Não me importo nem um pouco de levá-lo, mas estranhei o jeito dele há pouco. O menino estava chorando, não estava?

— Provavelmente. É típico dele... Mas eu gostaria de afastá-lo de mim por alguns dias para saber como me sentirei longe dele.

— Talvez seja interessante. E troque ideias com o Kaname quando estiverem a sós.

— Prefiro saber dos pensamentos do Kaname por seu intermédio. Não consigo me expressar direito quando estou frente a frente com ele. Depois de algum tempo, começo a chorar e a comunicação se torna impossível.

— Deixe-me esclarecer um ponto: é lícito esperar que sua união com o Aso realmente acontecerá, não é?
— Claro. Depende apenas de querermos, acho eu.
— A família dele, pais e irmãos, já sabem do caso?
— Parece que sabem, mas de um modo vago.
— Vago até que ponto?
— Bem... Sabem que estamos nos encontrando com o consentimento de Kaname.
— Apenas fingem não saber?
— Acho que sim. Que mais poderiam fazer?
— E se o compromisso se tornar mais sério?
— Nesse caso... Aso acha que não haverá problemas desde que eu e o Kaname nos separemos de modo amigável e definitivo. Diz que a mãe sabe perfeitamente o que ele pensa.

Ganidos estridentes soaram no jardim nesse momento; parecia que os cães se estranhavam outra vez.

— De novo! — exclamou Misako com leve irritação. Jogou sobre a cama o rolo do tecido que estivera remexendo, levantou e foi para perto da janela.

— Leve os cães para o canil, Hiroshi! Quero um pouco de sossego — gritou na direção do jardim.

— Estou indo, mãe.
— Onde está o seu pai?
— Na varanda, lendo *As mil e uma noites*.
— Não fique brincando e faça sua lição de uma vez, meu filho.
— E o tio? Não vai descer?
— Não tem nada que esperar por seu tio. E não o fique chamando o tempo todo como se ele fosse seu amiguinho.
— É que o tio disse que me ajudaria a fazer a lição...
— Nada feito. Lições foram planejadas para os alunos resolverem. Caso contrário, não teriam sentido, teriam?

— Está bem, mãe.

Passos apressados soaram do lado de fora indicando que o menino se afastava com os cães.

— Hiroshi tem mais medo da mãe do que do pai, ao que vejo — observou Takanatsu.

— É que Kaname se omite nas questões disciplinares. Mesmo sendo eu a única a ralhar, você não acha que Hiroshi sentirá mais a falta da mãe do que a do pai quando nos separarmos?

— Pode ser. Afinal, a mãe é a coitadinha que está indo embora de casa, só e triste. Acho que a simpatia do menino irá todinha para você.

— Verdade? Eu, cá para mim, penso que as pessoas serão solidárias com Kaname. Vão achar que eu abandonei o meu marido e vão falar mal de mim. E, se esses boatos chegarem aos ouvidos do meu filho, ele vai me odiar.

— Mas não por muito tempo, pois ele acabará aprendendo a julgar os fatos corretamente com o passar dos anos. Crianças têm uma visão crítica incrível e memória aguçada. Na idade adulta, vão rever os acontecimentos retidos na memória e dirão: na verdade, as coisas se passaram assim e assim. E julgarão à luz da maturidade. É por isso que eu digo: nunca subestime a percepção de uma criança, pois um dia ela chegará à idade adulta.

Misako não respondeu. Em pé ao lado da janela, continuava a fitar vagamente a paisagem externa. Um passarinho pulava de galho em galho na ameixeira. Um tordo? Uma cotovia? Seu olhar acompanhou por momentos a figura saltitante. Na horta, além das ameixeiras, o velho *jiiya* tinha aberto a tampa de uma sementeira e transplantava mudas de um vegetal qualquer. Ela não avistava o mar daquela janela, mas contemplou o céu limpo e azulado para os lados do oceano e suspirou profundamente.

— Você não tem de ir a Suma, hoje?

Misako abafou uma risada forçada, mas não se voltou.

— Ouvi dizer que, nos últimos tempos, tem ido quase todos os dias para aqueles lados.
— É verdade.
— Vá vê-lo, se quiser. Não se importe comigo.
— Você me acha muito assanhada?
— Me pergunto que resposta a agradaria mais: sim ou não?
— Fale com franqueza, por favor.
— Ontem, Kaname e eu acabamos concordando que você é um pouco do tipo rameira e que tende a ficar cada vez mais.
— Eu mesma reconheço em mim essa tendência... Mas não se preocupe. Eu disse ao Aso que não vou porque você vinha nos visitar. De mais a mais, não posso ignorar o hóspede que me trouxe tantos presentes.
— Olhe só quem fala! Até parece que não me abandonou ontem o dia inteiro!
— Ah, mas foi de propósito. Achei que você e Kaname tinham muito a conversar e os deixei à vontade.
— Quer dizer que hoje o dia é da madame.
— Seja como for, que acha de irmos para a outra ala? Estou morta de fome. Mesmo que você não coma nada, venha ao menos me fazer companhia.
— E quais peças você escolheu?
— Ainda não escolhi. Não feche a feira, venho mais tarde examinar as peças com calma. Vocês, homens, já fizeram o desjejum e estão satisfeitos, mas não esqueça que eu mesma não comi nada desde a hora que acordei. Estou morta de fome.

No pé da escada, espiou a sala de visitas e lá descobriu Kaname. Havia desistido da poltrona na varanda e achava-se agora deitado de costas num sofá, ainda absorto na leitura do livro. Ao ouvir os passos da mulher e do primo, que se afastavam pelo corredor rumo à ala em estilo japonês, perguntou com voz indolente:
— E então? Achou alguma coisa do seu agrado?

— Está difícil. O Takanatsu alardeia os presentes, mas, na hora de dar, se mostra tão mesquinho!

— Mesquinho, eu? Você é que é gananciosa.

— Você impõe três peças de lã rústica ou duas adamascadas e depois *eu* é que sou gananciosa?

— Se as condições não lhe agradam, não insisto. Melhor para mim.

Uma risada baixa, afável e distraída veio da sala de visitas, seguida do suave ruído de uma página sendo virada.

— Pelo jeito, o livro vai entretê-lo por muito tempo — comentou Takanatsu dobrando o corredor.

— É o que parece. Mas passada a novidade, e isso acontecerá logo, vai se cansar do livro e abandoná-lo. Parece criança com brinquedo novo.

Entrando no aposento de oito tatames, Misako convidou Takanatsu a sentar-se na almofada à cabeceira da mesinha baixa de jacarandá, enquanto ela própria se acomodava do outro lado.

— Você traz as torradas, Osayo? — pediu Misako voltando-se na direção da cozinha. Em seguida, abriu o pequeno armário de amoreira às costas e perguntou a Takanatsu:

— Quer chá preto ou verde?

— Tanto faz. Veja se me oferece alguma coisa doce e gostosa para complementar o chá.

— Gosta de bolo? Veio daquela famosa doceira alemã em Kobe...

— Serve. Ficar só olhando os outros comerem não faz meu gênero.

— Ah, que alívio! Livre enfim daquele aposento malcheiroso. Espere um pouco... Será impressão minha ou o cheiro persiste?

— Talvez tenha se impregnado em você. Vamos ver o que ele diz quando você o encontrar amanhã.

— É quase certo que dirá: não venha me ver enquanto o Takanatsu estiver em sua casa.
— Se duas pessoas se amam de verdade, não devia haver cheiro de alho que os separasse. Assim é o verdadeiro amor.
— Experiência própria, suponho?
— Não ponha os carros na frente dos bois, Misako. Vamos, vamos, coma a sua torrada.
— Mas diga-me com franqueza: já viu alguma mulher gostar desse cheiro?
— Claro que já! A Yoshiko foi uma delas.
— Ora, quem diria... A versão de que ela fugiu porque não suportou a fedentina é mentira, então?
— Pura maledicência do Kaname. Ouço dizer ainda hoje que ela se lembra de mim com saudade toda vez que sente o cheiro do alho.
— Acontece o mesmo com você?
— Eu me lembro dela, não nego. Yoshiko, porém, é o tipo de mulher ideal para farrear, não para ter como esposa.
— Do tipo que você e Kaname classificam de rameira?
— É.
— Como eu?
— Você não é o exemplar autêntico desse tipo. Apenas parece, mas, na realidade, é do tipo caseiro.
— Acha mesmo?
A pergunta soou desinteressada, mas talvez fingisse. Parecia muito mais entretida em montar um sanduíche do que em falar. Fatiava picles de pepino sobre o prato, prendia-os juntamente com rodelas de salsicha entre dois nacos de pão e, em seguida, levava com destreza os minúsculos sanduíches à boca.
— Isso que você está comendo me parece bom.
— É bom, realmente.
— Que são esses rolinhos pequenos?

— Isto? Salsicha de fígado. Mando comprar numa casa de frios alemã, em Kobe.
— Não serviram nada tão refinado para o seu hóspede.
— Claro, isto aqui é só para mim. Faz parte do meu desjejum diário.
— Deixe-me provar um pouco. Me apetece mais que o bolo, agora.
— Guloso! Vamos, abra bem a boca, como se fosse dizer "ah!".
— Ah!
— Ai, que hálito horrível! Não toque no garfo, por favor! Abocanhe só o pão, com muito jeito...
— Delicioso...
— ... mas acabou. Não vou passar fome por sua causa, entendeu?
— Devia ter pedido que trouxessem um garfo em vez de me dar na boca com o seu... Está vendo? São esses pequenos gestos que denunciam a sua inclinação para rameira.
— Se não aprova, não devia pedir pedaços do que os outros estão comendo, ora.
— Mas você era incapaz dessas audácias antigamente. Você era tão delicada, tão bem-comportada...
— Era, era. E daí?
— E daí concluo que todos os seus gestos ousados de agora são puro fingimento. Uma demonstração de brio, acertei?
— Brio?
— Exatamente.
— Eu... não entendo.
— De acordo com Kaname, foi ele que a induziu a se comportar como uma rameira. Assim sendo, diz ele que a responsabilidade é toda dele. Eu, porém, não acredito que seja realmente toda dele.

— Nem eu quero que Kaname se responsabilize por uma característica que faz parte da minha personalidade, entendeu?

— Qualquer mulher do tipo caseiro tem traços de rameira em sua personalidade, é claro. Mas, no seu caso, essa inclinação teve origem em certas circunstâncias da sua vida conjugal, concorda? Em outras palavras, você finge essa animação ousada para que os outros não a julguem uma coitadinha.

— É a isso que chama de brio?

— Não deixa de ser uma espécie de brio. Faz qualquer coisa para que os outros não pensem que não é amada pelo marido... Talvez eu a esteja ofendendo...

— Não, não está. Prossiga, por favor.

— Você se empenha por aparentar alegria e ocultar a tristeza, mas a tristeza vem à tona às vezes. Os outros talvez não percebam, mas acho que Kaname se dá conta disso.

— Eu me sinto pouco à vontade quando estou com Kaname. Você não me acha diferente quando me vê ao lado dele?

— Noto, ao contrário, que longe dele sua irreverência se acentua.

— Se até você é capaz de notar, mais ainda o Kaname. É por isso que me policio quando estou perto dele. Tenho medo de desagradá-lo. Nada posso fazer quanto a isso.

— Mas, quando está com o Aso, sou capaz de apostar que é o seu lado rameira que emerge. Acertei?

— Acho que sim.

— Pergunto-me se isso não acabará depois do casamento...

— Talvez não, se o casamento for com o Aso.

— Mas mulheres casadas costumam parecer tão respeitáveis... No momento, você e o Aso estão apenas brincando de casinha.

— Mas não seria possível continuar brincando de casinha mesmo depois de casados?

— Bom seria se fosse.

— Pois, se depender de mim, será. Acho que todos nós tendemos a dar importância excessiva ao casamento.
— Quer dizer que se separaria outra vez se um dos dois se cansar do outro?
— Pela lógica, sim.
— Deixando de lado a lógica, o que acontecerá no seu caso específico?
A mão que empunhava o garfo parou subitamente sobre o prato, mantendo uma fatia de pepino na ponta.
— Acha que um dia se cansará do Aso? — tornou a indagar Takanatsu.
— Não pretendo.
— E o Aso?
— Também não pretende, mas não acha oportuno prometer que não se cansará de mim.
— E você se contenta com tão pouco?
— É que eu o compreendo muito bem. Seria fácil afirmar que não se cansará, diz ele, mas esta é a primeira vez que se apaixona. Tem a impressão de que seus sentimentos nunca mudarão, mas, na verdade, não é capaz de prever o futuro. Ele diz que não tem sentido fazer uma promessa que talvez não seja capaz de cumprir e que mentir está fora de cogitação, entendeu?
— Não é bem assim... O amor dele por você tem de ser sério o bastante para afirmar, sem sombra de dúvida e sem qualquer concessão ao futuro, que não se cansará de você.
— Isso varia de pessoa para pessoa, não é mesmo? Um indivíduo capaz de autocrítica nunca afirmaria uma coisa dessas por mais sérias que fossem suas intenções, concorda?
— Eu, no lugar dele, prometeria, mesmo que mais tarde não pudesse cumprir a promessa.
— O Aso afirma que, uma vez prometido, ficaria se policiando continuamente, com medo de quebrar a promessa, e que

isso interviria em nossa relação. Ele se conhece muito bem e tem certeza de que isso acontecerá. Por esse motivo, acha melhor não nos prometermos nada mutuamente e continuarmos juntos nas condições em que estamos. Acha que a nossa relação será mais duradoura se ele próprio não se sentir amarrado a promessas.

— Ele pode estar com a razão, mas, mesmo assim...
— Mesmo assim, o quê?
— Acho que vocês estão brincando demais.
— Eu mesma me sinto mais tranquila deste jeito, porque conheço o Aso muito bem.
— E você contou tudo isso ao Kaname?
— Não. Até agora, não houve oportunidade de trazer o assunto à baila. Também, de que adiantaria falar disso?
— Você está sendo inconsequente. Como pode separar-se do Kaname sem ter nenhuma garantia de segurança futura?

Takanatsu tentava conter a voz que se alteava gradativamente de emoção. Nesse momento, deu-se conta de que Misako estava cabisbaixa e, com as mãos pousadas sobre as próprias coxas, pestanejava rapidamente.

— Nunca imaginei que você estivesse nessa situação... Sei que não é da minha conta, mas imaginei que você e o Aso tinham um compromisso mais sério, já que você está abandonando a estabilidade de um casamento.

— É sério, creia-me... Seja como for, o divórcio é a melhor solução para mim...

— Mas você devia ter pensado um pouco mais, antes de se meter nessa situação.

— Pensando ou não, daria tudo na mesma. É duro ficar nesta casa sem estar realmente casada com Kaname...

Cabisbaixa e ombros rigidamente alteados, Misako tentava conter as lágrimas, mas uma gota brilhante caiu sobre os seus joelhos.

8.

Havia já algum tempo que Kaname buscava no livro as passagens que lhe davam fama de obsceno, mas a tarefa não era fácil em virtude do tamanho da obra. Só o volume que tinha nas mãos, com histórias da primeira à trigésima quarta noite, totalizava trezentas e sessenta páginas in-oitavo. Algumas ilustrações o atraíam, mas a maioria dos textos que as acompanhava era prosaica. Vasculhou o índice, mas títulos como "A história do rei Wazir e do sábio Duban", "A história das três maçãs", "A história do mercador de Nazaré" ou "A história do príncipe que morava na Ilha Negra" não o ajudaram. A tradução, a primeira verbatim e integral para a língua inglesa realizada por sir Richard Francis Burton (1821-90), fora publicada pelo Clube Burton em edição restrita, com notas de rodapé repletas de informações úteis em quase todas as páginas. Passando os olhos por elas, Kaname logo notou que algumas tratavam de questões linguísticas de pouca utilidade para ele, enquanto outras continham interessantes explicações sobre os usos e costumes do povo árabe e sugeriam em linhas gerais o conteúdo das histórias. Diziam, por exemplo: "*O umbigo, grande e raso, não só é considerado belo como também promessa de bom crescimento em crianças.*"

"*Estreitas frestas entre os dois incisivos frontais, mas somente em arcadas superiores, são consideradas belas pelos árabes; difícil é saber a razão disso, só mesmo como uma espécie de apreço por coisas diferentes desse grupo étnico.*"

"*O barbeiro do rei é usualmente um homem de posição social elevada pela melhor das razões: detém em suas mãos a vida do rei. Um desses nobres Fígaros da Índia casou-se com uma dama inglesa que, dizem, teve uma desagradável surpresa ao saber quais eram os deveres oficiais do marido.*"

"*Nos países islâmicos orientais, a mulher, tanto a solteira como a casada, está proibida de andar sozinha pelas ruas; e os policiais têm o direito de prender as transgressoras. A medida é excelente para coibir o adultério. Durante a guerra da Crimeia, centenas de oficiais ingleses, franceses e italianos conheceram Constantinopla, não sendo poucos os que se gabavam de ter tido sucesso com as mulheres turcas. Eu porém não acredito que tenha havido nenhum caso fidedigno. As 'conquistadas' eram todas gregas, valequianas, armênias ou judias.*"

"*Lane fica escandalizado, e com razão, com esta cena, que se constitui em única mancha numa história admirável, admiravelmente contada...*"

Ali estava o que procurava, pensou Kaname, prendendo a respiração e terminando de ler a nota às pressas:

"*Lane fica escandalizado* [...] *admiravelmente contada. Mas, mesmo aqui, a obscenidade é apenas um pouco mais pronunciada que a encontrada em nossas peças antigas (como, por exemplo, em* Henrique v, *de Shakespeare*) *que foram escritas para o teatro, enquanto histórias como* As mil e uma noites *não são lidas ou declamadas na presença simultânea de homens e mulheres."*

Kaname começou a ler imediatamente a "A história do porteiro e das três damas de Bagdá", a que mais possuía notas de rodapé, mas nem bem tinha vencido cinco ou seis linhas ouviu passos provenientes da saleta de refeições. Instantes depois, Takanatsu entrou:

— Deixe a leitura de As *mil e uma noites* para mais tarde — pediu.

— Que aconteceu? — perguntou Kaname sem ao menos soerguer-se no sofá. Voltou contudo o livro de face para baixo e o depôs sobre as próprias coxas.

— Ouvi uma revelação inesperada.

— Como assim?

Por instantes, Takanatsu andou em torno da mesinha em silêncio. A fumaça do charuto parecia neblina rala em seu rastro.

— Você sabia que Misako não tem nenhuma garantia de estabilidade futura?

— Garantia de estabilidade?

— Eu já sabia que você era desligado, mas vejo agora que Misako é muito mais!

— Fale claro, homem. Não estou entendendo nada!

— Misako me disse que ela e o Aso não se prometeram fidelidade eterna. Aso diz que o amor pode acabar, de modo que não vai dar nenhuma garantia quanto ao futuro, e Misako concordou.

— Hum... Esse é o tipo da coisa que ele realmente diria — resmungou Kaname desistindo finalmente da leitura e soerguendo-se.

— Sei que não estou em condição de opinar, uma vez que não conheço esse indivíduo pessoalmente, mas... seja como for, não gosto desse tipo de gente. Causam má impressão, dependendo do jeito como você encara as coisas.

— Mas, se ele fosse mal-intencionado, só diria coisas agradáveis com o intuito de ganhar a confiança dela. O fato de não dizer não seria demonstração de honestidade?

— Pois dispenso esse tipo de honestidade. Que, aliás, não é honestidade, é frivolidade.

— Visto por seu prisma, deve ser, realmente. Mas, mesmo para casais profundamente apaixonados, chega o dia em que o amor acaba. E, já que amar para sempre é impossível, Aso está sendo apenas lógico quando não promete fazê-lo. Se eu fosse ele, talvez dissesse a mesma coisa.

— E, quando o amor acabar, os dois se separam novamente... É isso?

— Fim de amor e divórcio são duas coisas diferentes. Mesmo que o amor se acabe, um novo laço afetivo deve surgir espontaneamente. E é esse tipo de sentimento que mantém unida a maioria dos casais.

— Sua teoria funcionará se esse tal Aso for um homem de bem. Mas o que acontece se, amanhã, ele se cansar de Misako e resolver descartá-la? É muito arriscado não poder contar com nenhuma garantia contra esse tipo de coisa.

— Não acredito que o Aso seja tão canalha...

— Acaso contratou um detetive para investigar a vida desse homem antes que as coisas assumissem as atuais proporções?

— Não contratei nenhum detetive particular.

— Realizou investigações de qualquer outra espécie?

— Não, nunca mandei investigar o homem... É o tipo da coisa que não gosto de fazer... Trabalhoso demais, entende?

— Que absurdo! — disse Takanatsu, quase cuspindo as palavras. — Como você me dizia que o Aso era um homem decente, imaginei que o tivesse investigado, mas vejo que você é absolutamente irresponsável! Que acontece se o homem é um pervertido tentando enganar Misako?

— Agora você me deixou apreensivo... Porém, ele não me parece má pessoa. E eu mesmo estou depositando mais fé em Misako do que em Aso. Ela não é nenhuma criança e deve ter discernimento suficiente para distinguir um homem decente de um malandro. Confiei porque ela me garantiu que Aso é um homem decente.

— Pois não confie muito nesse tipo de garantia. Embora pareçam inteligentes, as mulheres costumam ser bobinhas.

— Não diga isso, por favor. Não percebe que estou me empenhando por não imaginar as possibilidades sombrias?

— Você é realmente estranho, desligado da realidade. Sabe por que não tem coragem de se separar? Porque não definiu direito esses aspectos.

— De qualquer modo, agora é tarde demais. A investigação devia ter sido feita no começo — declarou Kaname como se o problema não fosse dele, jogando-se outra vez de costas no sofá.

Kaname não sabia até que ponto Misako e Aso estavam apaixonados. Especular sobre tais assuntos não devia ser agradável mesmo para o mais fleumático dos maridos e por mais fria que fosse a relação conjugal. Kaname sentia uma ponta de curiosidade vez ou outra, mas deliberadamente evitava conjeturar.

O caso começara havia cerca de dois anos. Ao voltar de Osaka certo dia, Kaname encontrara um visitante desconhecido sendo recebido pela mulher na varanda da casa. "Este é o senhor Aso", apresentara Misako brevemente. Não houve necessidade de maiores explicações porque tanto ela como Kaname tinham estabelecido algum tempo antes o hábito de cada qual frequentar a sua própria roda de amigos. Naquela época, Misako fazia um curso de francês em Kobe para preencher as horas vagas e, segundo Kaname depreendeu, o homem era seu colega. Foi só isso o que percebeu naquele tempo. Seu desinteresse pela mulher crescera tanto que não notara nem mesmo quando ela começou a se arrumar melhor, ou quando a quantidade de cosméticos sobre o toucador cresceu. Só foi notar algo inusitado em seu comportamento quase um ano depois do incidente. Certa noite, ouviu soluços abafados do leito da mulher, enrodilhada sob cobertas puxadas até a altura da testa. Naquela noite, Kaname ficou longo tempo de olhos abertos, contemplando a escuridão do quarto e ouvindo o choro contido. Não era a primeira vez que a mulher chorava no meio da noite. Cerca de dois anos depois do casamento, época em que aos poucos Misako deixara de atraí-lo sexualmente, Kaname despertara muitas vezes no meio da noite assombrado pelos soluços que denunciavam a miséria íntima da mulher. E quanto mais penalizado se sentia por compreender o significado das lágrimas, mais parecia aumentar a distância entre os dois. Sem saber como consolá-la, deixava-se ficar em silêncio, apenas ouvindo. Imaginar que os soluços o sobressaltariam todas as noites do resto de sua vida já lhe dava, desde aquele tempo, vontade de separar-se dela, de ser livre outra vez. Para sua sorte, Misako aos poucos pareceu resignar-se e, desde então, nunca mais a ouvira chorar.

Mas, certa noite, os soluços havia muito esquecidos soavam outra vez no quarto às escuras. A princípio, duvidou dos próprios ouvidos e, depois, da sanidade mental da mulher. De que novos desgostos estaria ela se queixando àquela altura? Ao longo dos últimos anos, teria Misako fingido resignação e estado à espera da piedade do marido? E, se esse fosse o caso, teria se cansado de esperar? Que mulher tola, pensou Kaname com uma ponta de irritação, mas manteve-se em silêncio, como no passado. Posteriormente, porém, estranhou que os soluços continuassem noite após noite e, impaciente, reclamou: "Pare de chorar e me dê um pouco de sossego!". A repreenda fez com que Misako chorasse mais alto ainda. "Perdoe-me!", disse ela entre lágrimas. "Andei escondendo algumas coisas de você." Suas palavras eram surpreendentes, mas Kaname sentiu-se leve, como se tivessem tirado um grande peso dos seus ombros. Imaginou-se enfim numa campina ampla, onde podia encher os pulmões de ar puro. Deitado de costas, não só imaginou como inspirou profundamente.

Misako afirmara que, no momento, a relação era platônica, e ele não duvidou de sua palavra. Platônica ou não, serviu para fazê-lo sentir-se livre da dívida moral para com a mulher. E quem induzira a mulher a isso? Não fora ele mesmo?, pensou Kaname, censurando a própria covardia. Falando com franqueza, viera desejando em segredo que aquilo um dia acontecesse, mas nunca expressara em palavras tal desejo, nem se esforçara por torná-lo realidade. Atormentado pela incapacidade de amar plenamente sua pobre e delicada mulher, ele apenas desejara ou, melhor dizendo, acalentara o sonho de um dia ver surgir diante de si alguém capaz de amá-la em seu lugar. Conhecendo, porém, o caráter de Misako, nunca imaginara que aquele sonho viesse a se realizar.

Depois de lhe falar a respeito de Aso, Misako perguntara: "E você? Não tem ninguém?". Era quase certo que, naquele instante, ela também acalentava o mesmo sonho com relação ao marido. E ele respondera: "Não, não tenho". Mas mentia. Condenara a mulher a uma vida casta enquanto ele próprio prevaricava. "Não, não tenho", afirmara, mas, levado por caprichos momentâneos ou premido pelo desejo, ele havia procurado mulheres de reputação duvidosa. Para Kaname, uma mulher só podia ser ou deusa ou passatempo. Ali estava, segundo ele próprio imaginava, a razão por que não se dava bem com Misako: ela não se enquadrava em nenhuma dessas categorias. Se Misako não fosse sua mulher, talvez conseguisse tê-la como um passatempo, mas, como era, não o atraía. "É sinal de que a respeito. Não consegui amá-la, mas também não a transformei num passatempo", disse Kaname para a mulher naquela noite. "Sei disso muito bem e lhe agradeço... Eu, porém, preferia ser amada, nem que fosse como um passatempo", replicara Misako, desatando a chorar.

Mesmo depois de ouvir a confissão da mulher, Kaname não a empurrara para os braços de Aso. Disse-lhe apenas que não tinha o direito de considerar a conduta dela imprópria e que a ele só restava aceitar a situação, ainda que o caso viesse a se tornar sério. De forma indireta, contudo, essa atitude instigara a mulher. Misako não esperara do marido compreensão, solidariedade ou generosidade. "Não sei mais o que fazer, estou perdida. Posso até desistir da minha relação com Aso se você me disser que devo. Ainda está em tempo", declarara. Se naquele momento Kaname tivesse dito: "Pare de se comportar como uma tola", ela teria se sentido tão feliz! Se não tinha o direito de considerar imprópria a conduta da mulher, Kaname podia ao menos ter-lhe dito que o caso "era inconveniente", e ela teria abandonado Aso sem pestanejar. Ela queria só isso. Não esperava ser amada pelo marido que a negligenciara durante tantos anos, mas desejara que ele ao menos tentasse reprimi-la. Contudo, quando Misako o pressionara dizendo: "E agora, que faço?", Kaname apenas suspirara e respondera: "Também não sei". Depois, quando as visitas de Aso se amiudaram, e as saídas e os retornos de Misako tarde da noite tornaram-se frequentes, jamais manifestara aborrecimento nem franzira o cenho uma única vez. Restou portanto a ela apenas o recurso de lidar sozinha com o amor, sentimento que experimentava pela primeira vez na vida.

Passada a noite da confissão, os soluços continuaram a ecoar no quarto às escuras, sugerindo que, repelida pela frieza do marido e sem coragem para se entregar à paixão de corpo e alma, Misako se sentia perdida. Nos dias em que recebia cartas de Aso ou se encontrava com ele, era quase certo que o choro contido escapava pela borda das cobertas até o dia clarear. E então, certa manhã, quase meio ano depois, Kaname a convocou para um aposento na ala ocidental. A manhã, maravilhosamente clara, devia ser de inverno, pois Kaname lembrava-se do fogareiro elétrico aceso e de um arranjo de narcisos sobre a mesa. Havia dois dias que não dormiam direito porque Misako chorara também na noite anterior àquela, e ao se encararem, estavam ambos com os olhos vermelhos e inchados. Kaname pensara em tocar no assunto ainda durante a noite, mas preferiu esperar a manhã para não acordar Hiroshi e, também, para evitar que Misako, já predisposta ao choro, se tornasse ainda mais emotiva num ambiente escuro. "Quero trocar ideias com você sobre algumas coisas que venho pensando há alguns dias", começou a falar em tom descontraído, como se a estivesse convidando para um piquenique. No mesmo instante, Misako também lhe disse: "Eu também queria falar com você". Arrastou a cadeira para a frente da lareira e um leve sorriso subiu aos seus olhos inchados. E então os dois revelaram o que lhes ia no coração e descobriram que tinham feito os mesmos raciocínios e chegado às mesmas conclusões. Realmente, amar-se mutuamente estava fora de cogitação, mas reconheciam as qualidades um do outro e se compreendiam. Assim sendo, os dois talvez viessem a se entender melhor dentro de dez ou vinte anos, quando ambos alcançassem a velhice, mas não fazia sentido esperar tanto tempo, disse o marido. A isso, a mulher respondeu: "Concordo". Os dois já haviam também concluído que seria uma pena transformarem-se em múmias apenas por amor ao filho. Nesse ponto do raciocínio, porém, bastou Kaname perguntar: "Você quer a separação?", para que Misako indagasse por sua vez: "E você? Quer?". Em outras palavras, sabiam que a melhor solução era o divórcio, mas nenhum dos dois tinha coragem de dar o primeiro passo. Maldiziam-se mutuamente o temperamento indeciso, concordando até nesse aspecto.

Kaname não tinha nenhum motivo para expulsar a mulher. Além do mais, preferia assumir uma atitude passiva em toda a questão por saber que, quanto mais se empenhasse em obter o divórcio, pior haveria de se sentir posteriormente. Misako encontrara o parceiro ideal com quem queria se casar, enquanto ele próprio nada tinha em vista. Achava portanto que cabia a ela dar o passo final. Porém Misako alegava que não podia pedir o divórcio e ser feliz sabendo que Kaname continuava sozinho, sem ninguém a quem amar. Não tivera a felicidade de ser amada pelo marido, era verdade, mas não o considerava um homem cruel. O mundo estava cheio de mulheres mais afortunadas, é claro, mas havia também as muito mais infelizes que ela, não tinha como negar. Nesse meio, ela própria só tivera a infelicidade de não ser amada pelo marido, e nada mais. Assim sendo, não encontrava coragem para tomar a decisão de abandonar marido e filho. Em outras palavras, num eventual processo de divórcio, tanto marido como mulher desejavam assumir o papel da parte abandonada e ser poupados da responsabilidade decisória. Mas por que a separação era tão difícil? Afinal, já não eram duas criancinhas indefesas... Por que temiam pôr em prática o que a razão apontava como melhor? Pensando bem, era apenas uma questão de romper os laços com o passado. A tristeza seria momentânea e diminuiria com o tempo, conforme viam acontecer com outras pessoas. "Nós dois não temamos o que nos reserva o futuro, e sim o momento da separação", concluíram com um sorriso.

Por fim, Kaname disse: "Vamos então planejar um meio de separação gradual, lento a ponto de ser quase imperceptível até mesmo para nós". Não ter forças para suportar a tristeza de uma separação é pieguice, coisa para mulheres e crianças, diziam os antigos. Mas se houver um caminho que leve aos objetivos visados sem que seja preciso experimentar tristeza, mesmo que mínima, os modernos consideram mais sábio escolhê-lo. Por que ter vergonha de ser covarde? Se covardes eram, o melhor era encontrar o expediente mais adequado a covardes para atingir a felicidade. "Que acha de agirmos da seguinte maneira?", disse Kaname, expondo em linhas gerais as condições que havia mentalizado:

1. *Por ora, Misako continuará casada com Kaname, pelo menos formalmente.*
2. *Para manter as aparências, Aso será, por ora, apenas amigo de Misako.*
3. *Misako tem liberdade tanto física como espiritual de amar Aso, desde que se comporte com discrição e evite maledicências.*
4. *Passados um ou dois anos nesse regime, caso Misako e Aso se sintam capazes de partilhar a vida de casados, Kaname tomará a iniciativa de expor a situação ao sogro e dele obterá a permissão para o divórcio; depois disso, entregará Misako oficialmente a Aso.*
5. *Os próximos dois anos serão portanto considerados experimentais para Aso e Misako. Se durante esse período constatar-se que entre os dois existe incompatibilidade de gênio e que um eventual casamento estará destinado ao fracasso, Misako continuará a viver com Kaname como ocorre até o presente momento.*
6. *No entanto, caso a experiência seja bem-sucedida e os dois venham a se casar, Kaname deverá manter relação duradoura de amizade com o casal.*

Quando Kaname acabou de expor, viu o rosto da mulher iluminar-se como o céu daquela manhã. "Obrigada", disse ela apenas. Uma lágrima de felicidade correu por seu rosto. Parecia que, pela primeira vez em muitos anos, a barreira que os separava se desvanecia e juntos erguiam o olhar para o céu com alívio. Kaname sentiu-se leve ao ver a alegria da mulher. Ironicamente, o casal, que só alimentara insatisfações mútuas durante todos os longos anos de casamento, entendia-se enfim no momento em que discutiam o divórcio.

Não havia dúvida de que embarcavam numa aventura, mas, para eles, o único caminho para a separação era este: fechar os olhos para o perigo e deixar-se levar conscientemente para uma situação em que o retorno se tornaria impossível. Aso não tinha nada a objetar, era claro. No momento em que expôs seu plano a ele, Kaname havia frisado: "No Ocidente, devem existir países em que esse tipo de situação não causaria estranheza, mas não é o caso da sociedade japonesa contemporânea. Por isso, temos de agir com extremo cuidado se quisermos executar meu plano a contento. Antes de mais nada, nós três temos de confiar cegamente uns nos outros. Mesmo no seio de bons amigos, a situação em que nos encontraremos tende a originar mal-entendidos. Não bastasse isso, estamos os três em posição bastante melindrosa. Temos portanto de tomar cuidado para não ferir os sentimentos uns dos outros e para que o descuido de um não venha a se transformar em causa de constrangimento aos demais. Tenha sempre esses cuidados em mente, por favor". Desse encontro, resultaram as decisões de restringir ao máximo as visitas de Aso à casa de Kaname e de, ao contrário, aumentar a frequência das idas de Misako a Suma.

Desde então, Kaname passou a fechar os olhos para a relação dos dois. Tudo acertado, bastava apenas esperar que o destino fizesse a sua parte. Cegamente, sem opor nenhuma resistência, Kaname deixou-se levar pelos acontecimentos, nada fez para mudar o rumo deles. Apesar de tudo, havia ainda algo a temer: o término do período experimental e a aproximação da fatídica data em que uma resolução teria de ser tomada. Por mais que se empenhasse em deslizar placidamente ao sabor da correnteza, dia viria em que o processo do divórcio teria de ser enfrentado. O mar parecia calmo ao largo, mas nele havia um ponto de turbulência que precisaria ser vencido. Prevendo que, quando enfim chegassem ao ponto, ele seria obrigado a abrir os olhos que se esforçava por manter cerrados, o covarde Kaname se tornava cada vez mais omisso, irresponsável e negligente.

— Por um lado você reclama que é difícil se separar dela e, por outro, age dessa maneira totalmente irresponsável. Você é displicente demais!

— Displicente sempre fui. Mas penso que cada indivíduo pode ter seu próprio padrão ético e viver de acordo com ele.

— Pode ser. E, nesse caso, o seu diz que a displicência é uma virtude?

— Virtude talvez não seja, mas pessoas que não têm capacidade decisiva não deviam tomar decisões à força contrariando a própria natureza. Pois, toda vez que tentam fazer isso, a dose de sacrifícios aumenta inutilmente e traz consequências desagradáveis. Pessoas displicentes devem também estabelecer o curso de ação mais adequado ao seu temperamento. E, aplicando a minha teoria ética à situação atual, concluo que, se o bem maior é o divórcio, basta apenas que eu o alcance no final, não importa quão tortuoso seja o curso para se chegar a ele. Na verdade, acho até que eu podia ser um pouco mais displicente.

— Desse jeito, você é capaz de levar a vida inteira para alcançar o seu bem maior.

— Pois já pensei seriamente nisso. Dizem que adultério era um fenômeno corriqueiro na aristocracia ocidental. Todavia, entre eles o adultério não era praticado às ocultas, mas tacitamente reconhecido pelos cônjuges. Eram casos semelhantes ao meu. Pois, se a sociedade japonesa permitisse, eu mesmo não me incomodaria de passar a vida inteira na situação atual.

— Tais costumes estão ultrapassados no Ocidente. A religião perdeu o poder de manter os casais unidos, entendeu?

— Não era somente a religião que os mantinha unidos. As pessoas talvez temessem romper abruptamente os laços com o passado, quem sabe?

— Você tem o direito de fazer o que quiser. Eu, porém, não vou mais me preocupar — disse Takanatsu asperamente, apanhando o livro caído no chão.

— Por que não?

— É óbvio, não é? De que maneira um estranho pode intervir num processo de divórcio tão mal definido?

— Você vai me deixar em apuros!

— Paciência.

— Se você nos abandonar, estaremos perdidos de verdade. A situação se tornará ainda mais confusa! Vamos, não nos abandone, eu imploro.

— De um jeito ou de outro, vou esta noite para Tóquio com Hiroshi. — declarou Takanatsu inabalável, folheando o livro friamente.

9.

Melros voam para Kyoto
Buscando a primavera
Eu porém vou de barco
Subindo o rio Yodo.

Depois de ajustar para baixo a tonalidade da terceira corda do *shamisen*, adequando o instrumento para a execução de peças do tipo *jiuta*, Ohisa cantou a balada "Ayaginu", uma das preferidas do velho homem.

As peças do repertório *jiuta* — baladas originadas na região de Kyoto e cantadas ao som do *shamisen* — são em sua grande maioria desprovidas de sofisticação, mas a que Ohisa entoava naquele instante constituía rara exceção. "Ayaginu", achava o velho homem, tinha certa graça e leveza que lembrava vagamente outro estilo de balada, as *hauta* da antiga Edo. E, apesar de se declarar subjugado pelos encantos da cultura de Kyoto, era assim que o sogro de Kaname traía sua origem de Tóquio. O interlúdio que se seguia ao trecho "Eu porém vou de barco/ Subindo o rio Yodo" era, dizia o homem, cativante. A composição parecia trivial, explicava, mas bastava ouvi-la com cuidado por alguns instantes para perceber o murmúrio do rio.

> ... Subindo o rio Yodo.
> O norte sopra e barra o rumo,
> Da canoa a vogar sem curso,
> Retida por galhos
> Dos salgueiros às margens...
> Em terras estranhas aporto,
> E de novo embarco.
> Durmo uma noite
> Em albergue de Hachikenya.
> Corvos de Amijima
> Despertam a gente adormecida.
> É meia-noite
> No Templo da Montanha Gelada...

Da janela aberta no segundo andar e para além de um estreito caminho que beirava o cais, via-se uma extensa paisagem marinha do entardecer. Com o nome *Kitan-Maru* pintado em seu casco, um navio zarpava do atracadouro. Era um vapor pequeno, de não mais que quinhentas toneladas, provavelmente a balsa que fazia a ligação entre a ilha de Awaji e a de Honshu, mas o porto era tão acanhado que a popa quase raspava a margem da baía conforme o barco manobrava para mudar o curso. Sentado na varanda, Kaname contemplava o quebra-mar distante, mimoso como um confeito de açúcar-cande. Sobre ele erguia-se o farol, também diminuto e de luzes já acesas, embora ainda restasse uma claridade dourada sobre o mar. Alguns homens pescavam acocorados ao pé do farol. A vista não chegava a ser esplêndida, mas era raro encontrar esse ar sulino e quente nos vilarejos à beira-mar da região de Kanto. Lembrou-se da vez em que fora a passeio ao porto de Hirakata, na província de Ibaragi, cerca de vinte anos antes. Dois faróis se erguiam, cada qual numa ponta da cadeia de montanhas que bordejava a baía e, na praia entre eles, bordéis se enfileiravam compondo uma típica paisagem antiga de porto. Contrastando porém com o aspecto decadente de Hirakata, a cidade onde agora se encontrava era alegre, tipicamente turística. Kaname — que tendia a permanecer sempre em casa em virtude da preguiça instintiva de viajar, comum à maioria dos habitantes de Tóquio — deu-se conta naquele momento de si próprio recostado ao corrimão baixo da varanda, vestindo um *yukata* de tecido fino e sentindo-se longe, muito longe de casa, só de ter cruzado um estreito braço do mar Interno. Na verdade, Kaname não se sentira muito propenso a aceitar o convite do sogro de viajar em companhia dele e de Ohisa. Imaginou de imediato que teria de testemunhar outra vez as cenas de harmonia conjugal, pois o sogro planejara peregrinar com Ohisa pelos trinta e três locais sagrados de Awaji. Além disso, não tinha vontade alguma de interferir nos prazeres do sogro. O velho, porém, insistiu: "Pretendo passar um ou dois dias em Sumoto e assistir a alguns espetáculos *joruri* montados por companhias teatrais da ilha de Awaji. O teatro de bonecos japonês teve origem em Awaji. Só depois é que Ohisa e eu nos vestiremos a caráter para peregrinar pelos pontos sagrados. Vamos, acompanhe-nos até Sumoto, ao menos". Ohisa secundou o convite. E assim, animado pela boa impressão que lhe ficara da peça assistida em Osaka, Kaname sentiu vontade de conhecer os espetáculos do *joruri* de Awaji e decidiu viajar. "Que programa mais excêntrico! Por que não se veste também como um peregrino e não os acompanha pelos locais sagrados?", ironizara Misako, franzindo o cenho. Em trajes de peregrina, a frágil Ohisa devia transformar-se numa figura tocante, muito parecida com

Otani, a boneca heroína da peça *Iga-goe*, pensou Kaname. Sentiu uma ponta de inveja do sogro, que se divertia peregrinando em companhia daquela figura delicada, entoando cânticos sagrados e fazendo soar os guizos. Segundo soube, muitos membros da sofisticada sociedade de Osaka peregrinavam todos os anos pelos pontos sagrados de Awaji em companhia de gueixas vestidas a caráter. Ohisa temia expor ao sol a pele alva, mas o ancião tinha se entusiasmado e dizia que a partir daquele ano faria parte do grupo seleto.

— Como é mesmo o último trecho? "Durmo uma noite/ Em albergue de Hachikenya." É isso? E onde exatamente se situa Hachikenya? — indagou Kaname quando viu Ohisa pousar sobre o tatame a palheta ambarina feita de chifre de búfalo.

Indiferente à proximidade do verão, o sogro vestia sobre o *yukata* cedido pela hospedaria um *haori* de tecido encorpado, em padrão xadrez miúdo. Tinha diante de si as taças de laca vermelha preferidas e vigiava com leves toques no gargalo do frasco de estanho o saquê que pusera para aquecer em fogo brando.

— Ah, é verdade... Você é um *edokko* genuíno e não deve conhecer Hachikenya — disse o sogro, removendo o frasco do fogo. — Antigamente, as barcas que subiam o rio Yodo costumavam sair da ponte Tenma, em Osaka. Os albergues para barqueiros e viajantes situavam-se nas proximidades, num local conhecido como Hachikenya.

— Entendi. Esse é o sentido do trecho "Durmo uma noite/ Em albergue de Hachikenya". E "Corvos de Amijima/Despertam a gente adormecida" porque a ilha Amijima se situa bem perto, naquela área...

— As baladas *jiuta* não são as minhas preferidas, as mais longas chegam a me dar sono. Precisam ser mais curtas, como essa, que Ohisa acabou de cantar, para reter a atenção do ouvinte.

— E então, Ohisa? Que acha de cantar mais uma desse estilo? — pediu Kaname.

— Ohisa não serve para cantar baladas *jiuta* — interveio o sogro. — Mulheres jovens conseguem tornar assépticas essas canções. Vivo também pedindo a Ohisa que toque o *shamisen* com menos virtuosismo, mas ela não consegue entender o espírito da coisa. Para ela, *jiuta* e *nagauta* são a mesma coisa.

— Toque você mesmo, já que critica tanto... — disse Ohisa.

— Esqueça as críticas e deixe-nos ouvir mais uma, vamos — insistiu o sogro.

— Ora, só ouço reclamação... — resmungou Ohisa franzindo o cenho como uma criancinha mimada e reajustando a terceira corda.

Fazer companhia a um velho impertinente não devia ser coisa fácil para mulher alguma. Ohisa era, porém, a menina dos olhos do ancião, a despeito das reclamações. O sogro de Kaname lhe ensinava a arte do entretenimento, da cozinha e do arrumar-se corretamente, instruía-a em todos os sentidos para que pudesse escolher o melhor partido depois que ele próprio se fosse deste mundo. Kaname se perguntava, contudo, que proveito teria para uma jovem acumular tanta cultura antiga, inútil nos tempos atuais. Assistindo apenas a peças do teatro de bonecos e alimentando-se de ervas e de brotos cozidos, ela devia sentir-se definhando. Na certa teria vontade de ir ao cinema ou de comer um bom filé de vez em quando. Só mesmo uma nativa de Kyoto seria capaz de tanta paciência, pensava Kaname, admirado e também curioso quanto ao processo mental por trás daquela natureza. Lembrou-se de que, nos últimos tempos, o sogro se empenhara em ensinar-lhe os segredos do estilo *nageire* de ikebana, o tipo casual de arranjo floral comum nas cerimônias do chá. Agora, o centro de interesse parecia ter se deslocado para as baladas antigas. Uma vez por semana, os dois seguiam até a periferia de Osaka para ter aulas com um mestre cego. Bons mestres havia-os também em Kyoto, mas ignorar todos eles e ir em busca daquele cego para aprender a tocar o estilo de Osaka era outro dos muitos caprichos do ancião. Baseado talvez nas célebres pinturas dos biombos Hikone, que retratam cenas do cotidiano social de quinze homens e mulheres do período Edo, o ancião urdira uma teoria, segundo a qual o *shamisen* das baladas *jiuta* tinha de ser posicionado ao lado do corpo à moda de Osaka, e não sobre os joelhos. Àquela altura da vida, não esperava fazer grandes progressos na carreira musical, dizia ele, mas queria ao menos aprender a postura correta. A silhueta levemente torcida de uma jovem tocando o instrumento apoiado sobre o tatame tem um encanto indescritível, dizia o velho sogro, muito mais disposto a apreciar a pose do que os dotes musicais de Ohisa.

— Vamos, não se exaspere e toque outra vez — insistiu Kaname.

— Têm alguma preferência? — indagou a moça.

— Uma peça que eu também conheça — pediu Kaname.

— Nesse caso, toque "A neve" — interveio o sogro oferecendo saquê a Kaname. — Essa você também conhece, não é, Kaname?

— Conheço, conheço! "A neve" e "Cabelos negros" são, aliás, as únicas que conheço.

Imagens da infância vieram à sua mente enquanto ouvia. Naqueles velhos tempos, a disposição das casas de Kuramae, o bairro de Tóquio onde morara, era semelhante à das lojas atualmente existentes na área de Nishijin, em Kyoto: suas fachadas de treliça — quase sempre estreitas e de frente para as ruas principais — abrigavam na maior parte das vezes uma construção de comprimento inesperado em relação à largura da fachada. Aposentos interligados se sucediam, estreitos e longos, e eram de súbito interrompidos por um jardim interno. Um corredor contornava o jardim e levava finalmente ao fundo do terreno e a um anexo de proporções razoáveis, que se constituía em área de convivência familiar. O mesmo tipo de construção se repetia à esquerda e à direita da casa de Kaname, que do andar superior podia ver, para além de uma cerca de tábuas terminadas em ponta, o jardim interno da casa vizinha e a varanda da sala de estar do anexo. Pensando bem, como era silenciosa a cidade baixa naqueles tempos! Não podia afirmar com certeza, pois suas lembranças eram vagas, mas achava que nunca ouvira as vozes dos vizinhos. Do outro lado da cerca de tábuas, o silêncio era total, jamais quebrado por vozes ou pelo mais leve ruído. A casa parecia desabitada e tinha um ar desolado. Era como espiar uma mansão decadente da classe guerreira em província interiorana.

E então, a partir de certa época que Kaname não conseguia situar direito no tempo, começou vez ou outra a ouvir, partindo do vizinho, uma voz débil cantando ao som de uma harpa japonesa *koto*. A dona da voz era uma menina de nome Fu-chan, cuja fama de moça bela já havia chegado aos ouvidos do pequeno Kaname. Nunca a vira nem tivera vontade de conhecê-la. Contudo, certo dia — era uma tarde de verão, se não lhe falhava a memória —, ao espiar casualmente pela janela do andar superior, avistou um vulto que, sentado numa almofada no umbral entre a varanda e a sala de estar, recostava-se na coluna de sustentação dos estores. O rosto branco, erguido para o alto, contemplando uma nuvem de pernilongos contra o céu do entardecer, tinha então se voltado de repente para o lado dele. Kaname sentiu o coração infantil doer no peito ante a beleza daquele rosto e, assustado, recuou rapidamente da janela, como se tivesse vislumbrado algo fantástico, inusitado. Por causa disso, não conseguiu reter na memória os traços fisionômicos exatos da garota, mas, desde aquele dia, uma sensação agradável e que mais se assemelhava a um anseio, suave demais para ser um primeiro amor, povoou por algum tempo o mundo dos seus sonhos infantis. Foi o despertar do culto à mulher em Kaname. Até hoje, não sabia precisar quantos anos teria Fu-chan naquela ocasião. Meninas de quinze anos ou moças na casa dos vinte parecem adultas para um garoto de sete ou oito anos. Da silhueta esguia e da pose precoce ficara a impressão de que a menina era muito mais velha que ele. Lembrava-se ainda vagamente de que ela tinha um cinzeiro diante dos joelhos e uma piteira longa na mão. À época, as mulheres da cidade baixa conservavam ainda alguns hábitos do final do período Edo que lhes emprestavam um ar audacioso e levemente masculinizado — Kaname lembrava, por exemplo, que a mãe dele costumava arregaçar as mangas e desnudar o braço até o ombro em dias quentes —, de modo que o fato de estar fumando não significava, talvez, que Fu-chan fosse adulta. Aquela tinha sido a primeira e a última oportunidade de vê-la, pois, quatro ou cinco anos depois, a família de Kaname mudou-se para a área de Nihon-bashi. Desde então, o som de vozes cantando ao *koto* passara a atrair sua atenção. A canção predileta e sempre repetida pela menina do vizinho era "A neve", informara-lhe a mãe, uma balada composta originalmente para ser cantada ao som do *koto*, mas também, vez ou outra, executada com acompanhamento de *shamisen*. Em Tóquio, essa balada é conhecida como *kamigatauta*, completara a mãe.

Depois disso, Kaname nunca mais ouvira "A neve", e seus compassos se apagaram da memória. Pouco mais de dez anos depois, ele fora a Kyoto a passeio e assistia ao bailado das *maiko* de Gion quando, invadido por indescritível sensação nostálgica, tornou a ouvir a referida balada. A cantora, uma gueixa idosa de mais de cinquenta anos, tinha um timbre de voz temperado pelos anos. O mesmo acontecia com o som do seu *shamisen*, cujo staccato tinha uma qualidade vibrante e langorosa. Devia ser esse tipo de efeito que o sogro buscava quando pedia a Ohisa que cantasse com menos pureza. O homem tinha razão: comparado ao som do *shamisen* da velha gueixa, o que Ohisa extraía do seu instrumento era refinado e pouco insinuante. Mas Kaname preferia a voz jovem de Ohisa por lembrar mais a de Fu-chan, cujo timbre também era cristalino como o do guizo. Além disso, o som do *shamisen* de Ohisa, com seu ajuste mais alto, típico de Osaka, evocava melhor o som do *koto*.

O instrumento que Ohisa tocava era portátil e especialmente confeccionado para ter o braço desmontado em nove pedaços, armazenáveis no corpo do instrumento. Em suas excursões turísticas, o velho homem nunca deixava de carregar consigo aquele *shamisen* e, quando a inspiração batia, instava com a sempre recalcitrante Ohisa que o tocasse, onde quer que estivessem. Aposentos de hospedaria eram os locais menos impróprios, e os mais constrangedores, barraquinhas de chá à beira de estradas ou ao pé de cerejeiras em flor. Na noite do dia 13 de setembro do ano anterior, por exemplo, os dois haviam participado das festividades do plenilúnio, ocasião em que o velho homem fizera Ohisa tocar seu *shamisen* no barco em que desciam o rio Uji. A aventura poética terminou com o velho homem acometido por forte resfriado, febre alta e complicações posteriores.

— Pronto. É a sua vez de cantar — disse Ohisa depositando o *shamisen* diante do companheiro.

— Você entende a letra dessa balada, "A neve", Kaname? — indagou o velho, apanhando o instrumento com aparente indiferença e ajustando a tonalidade para baixo, sem conseguir, contudo, ocultar de todo o prazer íntimo de exibir seus dotes musicais.

Desde os tempos em que ainda morava em Tóquio, o sogro já tinha noções do estilo *Icchu-bushi* — a balada que acompanha o *joruri* da região de Kyoto. Ali estava, talvez, a razão por que tocava o *shamisen* e cantava com razoável destreza, a despeito do fato de ter tido poucas aulas com o professor cego de Osaka. Ao ouvido amador, sua execução soava convincente. Disso sabia e se orgulhava o próprio velho que, sentindo-se à altura dos grandes mestres, admoestava Ohisa em tom professoral, constituindo perfeita aperreação para a jovem.

— Bem... Para mim, a maioria das letras dessas baladas antigas é apenas vagamente compreensível. Não acredito também que resista a uma análise gramatical.

— Exatamente. Os antigos não pensavam em termos de correção gramatical. Para eles, bastava dar a entender vagamente o que pensavam ou sentiam. E é exatamente essa qualidade vaga que confere ressonância especial às canções. Por exemplo, existe uma balada que diz — e em seguida o sogro cantou:

Como a água do pântano de Nozawa,
Turvo está meu coração...
Claro é apenas o luar
Que espreita nossa janela...

— Depois, vem o trecho: "Morando embora no vasto mundo..." etc. etc. É a história de um homem que está indo procurar secretamente sua amante. Mas o letrista não explicita o fato, apenas o sugere com alusões a pântanos e à janela iluminada pelo luar. Não é bonito? Ohisa, por exemplo, não pensa nesse sentido oculto quando canta. Eis por que sua execução se torna inexpressiva.

— Interessante. Só mesmo ouvindo a explicação é que se entende a letra. No entanto, pouca gente deve saber o sentido do que canta — disse Kaname.

— "Basta apenas que alguns poucos entendam", acho que assim pensavam os letristas antigos, e nisso reside a singeleza da canção. Quase todos esses compositores eram cegos e tinham uma noção distorcida e sombria do mundo, entende? — explicou o ancião.

O sogro, que afirmava só ser capaz de cantar depois de beber alguns tragos de saquê, devia estar devidamente embriagado naquele momento, pois continuou a cantar. Como a maioria dos idosos, o sogro de Kaname costumava deitar-se cedo e acordar cedo. Embora fossem ainda oito horas, mandou arrumar o leito e se deitou, pedindo a Ohisa que lhe massageasse os ombros. Kaname retirou-se para o próprio quarto, situado do outro lado do corredor, e tentou aproveitar a leve sensação de embriaguez para dormir. Cobriu a cabeça com o cobertor, mas, acostumado a dormir tarde, não conseguiu conciliar o sono. Em condições normais, teria até gostado de dormir sozinho. Tempo houve em que, cansado de ter o sono perturbado pelos soluços contidos de Misako, saía sozinho em curtas viagens até Hakone ou Kamakura para conseguir uma noite de sono ininterrupto e se recuperar das outras, maldormidas. Ultimamente, porém, as viagens de fuga tinham se tornado desnecessárias porque a relação entre eles esfriara a ponto de conseguirem dormir profundamente no mesmo quarto, sem um notar a presença do outro. Agora, com o quarto inteiro para si depois de tanto tempo, Kaname deu-se conta de que o diálogo abafado que escapava do quarto do sogro era empecilho muito maior para o sono do que a presença de Misako. A voz do ancião, quando a sós com Ohisa, era tão carinhosa que parecia pertencer a outra pessoa. Até o timbre da voz se modificava. Consciente da presença de Kaname no quarto do outro lado do corredor, o sogro falava em sussurros sonolentos, engrolados, quase dengosos. Além disso, o som interminável das palmadas massageadoras que Ohisa aplicava no dorso e nas coxas do ancião repercutia no travesseiro de Kaname. O velho dizia qualquer coisa com insistência e Ohisa respondia com monossílabos ou intercalava explicações em frases curtas, cujos finais no inconfundível sotaque da região de Kyoto chegavam claramente aos ouvidos de Kaname. Cenas de convivência conjugal harmoniosa em geral provocavam em Kaname um pouco de inveja e certa satisfação altruística, mas nunca mal-estar. Porém, teve de reconhecer que testemunhar o carinho do sogro para com aquela jovem trinta anos mais nova que ele era um pouco constrangedor, muito embora tivesse se preparado para presenciar aquilo. Teve também de admitir que o constrangimento seria ainda maior se, além de tudo, o velho fosse seu próprio pai, e compreendeu pela primeira vez o ódio de Misako por Ohisa. O som de uma respiração regular chegou aos seus ouvidos, indicando que o sogro adormecera. Enquanto isso, Kaname perdia o sono e se absorvia em pensamentos. A conscienciosa Ohisa continuou a massageá-lo, e o som das batidas ritmadas só veio a cessar quase às dez da noite. Mal viu as luzes do outro quarto se apagarem, Kaname acendeu a lâmpada da própria cabeceira. E, ainda deitado, resolveu escrever alguns cartões-postais para preencher o tempo. No que destinou a Hiroshi, inscreveu uma curta mensagem. No outro, para Takanatsu, escreveu em letra fina oito linhas ao lado de uma paisagem do mar de Naruto:

Como vai?
Por aqui, tudo na mesma, desde que você nos abandonou. Misako continua indo a Suma. No momento, estou em Awaji, com meu sogro e Ohisa, um tanto encabulado por ter de presenciar a troca de carinhos entre os dois. Misako refere-se a Ohisa em termos pouco elogiosos, mas eu mesmo não me canso de admirar, ainda que constrangido, a devoção dessa moça.
Escrevo de novo quando a nossa situação se definir. No momento, não tenho ideia de quando isso acontecerá.

10.

— Bom dia! Posso entrar? — indagou Kaname, parando no corredor.

— Entre, entre. Já estamos acordados — respondeu o sogro.

Kaname entrou na saleta voltada para a fachada da hospedaria e encontrou Ohisa sentada diante do espelho do toucador, alisando com o pente os cabelos presos à moda japonesa. Vestia o *yukata* da hospedaria fechado por um obi estreito. Sentado ao lado dela, o sogro tinha um panfleto sobre os joelhos e abria o estojo dos óculos. Não havia nuvens no céu, e o mar estava calmo, de um azul tão intenso que chegava a escurecer a vista. Na paisagem estática, a fumaça expelida pela chaminé dos barcos parecia imobilizada. Contudo, devia haver uma brisa soprando lá fora. Prova disso era o assovio agudo — como o de uma pipa cortando os ares — que partia vez por outra do rasgo no papel da divisória, assim como o tremular do panfleto sobre o joelho do ancião.

Licenciado pelo Ministério do Interior
GRANDE TEATRO GENNOJO DE AWAJI
Ponte Tokiwa, Sumoto

Programação do Terceiro Dia

O DIÁRIO DE UMA CAMPÂNULA
(Abertura) Pirilampos em Uji
Despedida em Akashi
A mansão de Yuminosuke
A casa de chá em Oiso
Na montanha Maya
A cabana em Hamamatsu
A hospedaria de Tokuemon
A partida

EXIBIÇÕES EXTRAS
Décima cena da peça *Taikoki*
Oshun e Denbei
O gago Matabei (por Toyotake Ro-dayu,
convidado do Teatro Bunraku de Osaka)

ENTRADA
50 sen
30 sen para os portadores de convites especiais

— Você se lembra de já ter assistido à cena "A casa de chá em Oiso" alguma vez? — perguntou o velho para Ohisa.
— De que peça?
— *O diário de uma campânula*.
— Nunca assisti. Está certo de que ela existe?

— Mas é disso que venho falando. Esse grupo teatral apresenta cenas que não são exibidas normalmente no teatro Bunraku de Osaka. Em seguida, vem "Na montanha Maya".

— Deve ser a do sequestro da Miyuki...

— Ah... certo, certo! Ela é sequestrada e depois levada para a "Cabana em Hamamatsu". Depois disso, havia uma cena chamada "Na campina Makuzu", não havia, Ohisa?

Um ponto luminoso percorreu rapidamente os quatro cantos do aposento: Ohisa tinha movido o espelho de mão para obter melhor visão da própria nuca no espelho do toucador. Com o pente preso entre os lábios, passou o polegar da mão livre sob os cabelos da têmpora, dando-lhes um aspecto abaulado.

Kaname não fazia ideia de quantos anos tinha a moça. O velho vasculhava casas de roupa usada e a feira matinal do santuário de Kitano, de lá levava quimonos de tecido encorpado e em padrão miúdo, ásperos e rijos como cota de malha, totalmente em desuso naqueles dias, e obrigava a relutante Ohisa a vestir as peças poeirentas, quase andrajosas. Os quimonos desbotados lhe davam um ar envelhecido, de vinte e seis ou vinte e sete anos, idade que, preocupado com as aparências, o velho a instruíra a dizer caso perguntassem. Observando agora a mão que empunhava o espelho, Kaname percebeu que o brilho na ponta dos dedos rosados, de dobras datiloscópicas claramente visíveis, era um seguro indicativo de juventude e não apenas de que passara óleo no cabelo. Era a primeira vez que a via em trajes tão informais. As carnes opulentas e rijas dos ombros e das nádegas, discretamente reveladas pelo *yukata* fino, denunciavam dolorosamente que essa delicada mulher de Kyoto não devia ter mais que vinte e dois ou vinte e três anos.

— Seguem-se a cena da hospedaria e, depois, a da partida, quando saem a peregrinar — observou Kaname.

— Isso mesmo — concordou o velho.

— Não sabia que havia uma cena de partida no *Diário da campânula*. Miyuki teria enfim se unido ao amado Komazawa e encetado uma romântica peregrinação a dois?

— Nada disso. Já vi essa cena. Saindo da hospedaria, Miyuki chega ao ponto de travessia do rio Oikawa e fica retida por causa da enchente, lembra-se? Depois, atravessa o rio e segue andando pela estrada Tokaido no encalço do amado Komazawa.

— Ela vai sozinha?

— Não. Ela segue com o... como era mesmo o nome dele, Ohisa? O do rapaz do clã que acorre da terra natal para cuidar de Miyuki?

— Sekisuke, não é? — respondeu a moça.

O ponto luminoso tornou a correr. Ohisa se ergueu e levou para o corredor a bacia de água quente que usara para alisar os cabelos.

— Exato, Sekisuke era o nome dele. Pois esse rapaz acompanha Miyuki. Não se trata de um fim tradicional, em que um casal parte festivamente em peregrinação romântica. Aqui, o par que sai peregrinando é formado por uma dama e seu vassalo — explicou o velho.

— Nessa altura, Miyuki já tinha recuperado a visão? — tornou a indagar Kaname.

— Tinha. Ela surge com os olhos abertos e bem-vestida porque já havia recuperado o status de filha de samurais. A cena é festiva, e o cenário, vistoso. Tem certa semelhança com a cena final da peça *As mil cerejeiras*.

O teatro constituía-se de uma tenda armada num terreno baldio nos limites da vila, e a função começava às dez da manhã e terminava às onze da noite ou à meia-noite, dependendo do dia. O espetáculo era longo e cansativo, pouca gente suportava assistir do começo ao fim. É melhor ir no fim da tarde, aconselhou o gerente da hospedaria. O ancião, porém, respondeu que iria assim que terminasse a refeição matinal, pois tinha vindo de longe só para poder ver o espetáculo do começo ao fim. Pediu ao gerente que lhe preparasse o almoço e o jantar e os embalasse na lancheira de caixinhas laqueadas que trouxera consigo. Considerava o lanche parte do prazer de ir ao teatro, e especificou detalhadamente as iguarias que deviam compor o cardápio: omelete, enguia, bardana, tais e tais legumes cozidos. E quando enfim lhe trouxeram o que pedira, intimou:

— Arrume-se, Ohisa. Vamos sair.

— Aperte direito o obi para mim — pediu ela ao velho, dando-lhe as costas e voltando o nó da faixa em sua direção. O quimono era de tecido tão rijo que parecia prestes a se partir nas dobras, e o obi, áspero como túnica de monge budista.

— E agora? Está bom?

— Aperte mais um pouco, por favor — pediu Ohisa, retesando-se nas coxas para evitar tombar para a frente.

O suor porejava na testa do ancião.

— Se você soubesse como é difícil... O tecido é rijo demais!

— Não reclame porque foi você mesmo que o comprou. Mais direito a reclamar tenho eu, que fico exausta toda vez que tenho de vestir este quimono — resmungou Ohisa.

— Mas a cor é realmente bonita — interveio Kaname, em pé às costas dela. — Não sei como se chama essa tonalidade, mas não se vê muito hoje em dia.

— Não é uma cor rara. É um tom de verde-claro que ainda se usa. A peça apenas envelheceu, desbotou e resultou neste tom especial.

— Que tecido é?

— Deve ser um tipo de cetim... Antigamente, todos os tecidos tinham esta textura rija. Os modernos misturam raiom, entende?

A distância até o teatro não era tanta, de modo que foram todos a pé levando lancheiras e pacotes na mão.

— Já é tempo de sombrinhas — disse Ohisa, erguendo a mão e protegendo o rosto do sol. Raios solares vararam a palma da sua mão, assim como os dedos esguios, calejados no manejo do plectro do *shamisen*, e deram à carne tenra uma transparência avermelhada que lembrou a do papel de sombrinhas. A área do rosto na sombra parecia ainda mais branca do que a ponta do queixo, exposta ao sol. "Você vai se queimar e ficar morena nesta viagem, não tem como evitar. Nem adianta levar sombrinha", decretara o velho. No momento em que saíam da hospedaria, Kaname vira porém a moça passar no rosto, pescoço, pulsos e tornozelos um creme protetor que havia tirado sub-repticiamente do fundo da mala. Considerou comoventes e ao mesmo tempo divertidos os cuidados que aquela jovem de Kyoto dispensava à própria pele branca e sedosa. O ancião devia entender a preocupação porque tinha um agudo senso de beleza, mas, tipicamente, perdeu todo o interesse pelo assunto a partir do instante em que externou sua opinião.

— Vamos, apresse-se. Já são quase onze horas — disse Ohisa.

— Hum... Espere um pouco — resmungou o velho, parando algumas vezes em portas de antiquários.

— Que dia lindo, não é mesmo? — comentou Ohisa, andando lentamente mais adiante em companhia de Kaname. Ergueu o rosto para o alto, contemplou o céu azul e acrescentou em leve tom de queixa: — Tenho tanta vontade de sair apanhando brotos de ervas em dias assim!

— Tem razão. O dia está muito mais para uma excursão ao ar livre do que para o teatro — concordou Kaname.

— Será que existem fetos e cavalinhas nas proximidades?

— Não conheço direito as redondezas, mas esse tipo de erva deve ser abundante também para os lados de Kyoto, não é?

— É, realmente. No mês passado, estive em Yase e apanhei uma braçada enorme de ruibarbos.

— Ruibarbos?
— Ele gosta dos talos dessas plantas, mas não é fácil achá-los em mercados de Kyoto. Por aqueles lados, ninguém aprecia seu gosto amargo, entende?
— Aliás, em Tóquio também não são todos que gostam... Você foi até Yase só para apanhá-los?
— Isso mesmo. Enchi uma cesta deste tamanho.
— Sair pelos campos em busca de ervas é um bom programa, mas é igualmente gostoso perambular pelas ruas destes vilarejos, não acha?

A rua principal se estendia sempre reta sob o céu azul, limpa a ponto de se divisarem com clareza os vultos mais distantes. Até o tilintar da campainha das poucas bicicletas que passavam por eles apresentava certa serenidade. Nada havia ali de especial, mas, como toda cidade da região de Kansai, as construções se destacavam pela beleza das paredes. O velho homem tinha uma explicação para isso. De acordo com ele, a região de Kanto é varrida por chuvas e ventos laterais, fortes e constantes, de modo que a maioria das casas tem a base protegida por ripas horizontais ligeiramente sobrepostas. E, por melhor que seja a qualidade da madeira, as ripas logo enegrecem, dando uma impressão geral de extrema sujeira. Mesmo sem levar em consideração as moradias com tetos de zinco semelhantes aos barracões da Tóquio dos dias atuais, ali estava a razão para que as construções antigas das províncias próximas a essa cidade parecessem apenas sombrias e fuliginosas, sem o aspecto nobre que o tempo normalmente lhes empresta. Além disso, terremotos e incêndios grassam com frequência pela área destruindo as casas mais antigas, e as que surgem para substituí-las são quase sempre de madeira importada barata, que mais parece lenha, resultando em construções de aparência esbranquiçada e pobre, como as das periferias norte-americanas. Assim, era possível acreditar que, se houvesse uma Kamakura em Kansai, ela teria ao menos um ar mais imponente e sereno, mesmo que não alcançasse a beleza requintada de Nara. Em comparação, as províncias a oeste de Kyoto têm clima abençoado e são menos castigadas por catástrofes naturais. Eis por que até as telhas e os muros de simples casas urbanas ou rurais têm essa cor sedutora, capaz de deter os pés do andarilho. Em especial, chama a atenção um fato: comunidades pequenas ou antigas cidades casteleiras são mais belas que os grandes centros urbanos. Num mundo em que cidades como Osaka e até as ribanceiras da avenida Shijo no centro de Kyoto sofrem transformações que as tornam quase irreconhecíveis, locais como Himeji, Wakayama, Sakai e Nishinomiya conservam ainda vestígios nítidos da época feudal.

— Dizem que as áreas de Hakone e Shiobara são interessantes, mas você encontra esse tipo de paisagem em qualquer lugar do Japão, já que o país é uma ilha vulcânica. Quando o jornal *Mainichi Shinbun* realizou uma pesquisa para eleger as oito paisagens japonesas mais belas, descobriu-se que existiam não sei quantas formações rochosas denominadas "Pedra do Leão" no país. E deve ser verdade. É por isso que insisto: os melhores pontos turísticos situam-se na área que se inicia em Kyoto e abrange Shikoku e a região central do país, com todas as suas cidades e seus portos — disse o velho homem.

A observação do sogro veio à mente de Kaname ao avistar numa esquina flores de dêutzias espiando sobre um muro velho protegido por telhas arredondadas. No mapa, Awaji era uma ilha pequena, de modo que a cidade portuária não devia ser muito grande. Kaname achou que terminava no fim da rua por onde andavam. Seguindo por ela, chegava-se à beira do rio. O gerente da hospedaria explicara que o teatro tinha sido montado na outra margem. Portanto, as fileiras de casas deviam terminar no rio. A que daimiô teria pertencido a área durante o xogunato Tokugawa? De qualquer modo, não tivera certamente a importância de uma cidade casteleira... Kaname achava que seu aspecto não mudara muito desde aquela época. As modernizações eram fenômenos de grandes centros urbanos que desempenhavam o papel de artérias do país, mas não são muitas as cidades dessa importância. Exceto em países novos como os Estados Unidos, cidades interioranas tendem a permanecer à margem da civilização. Isso acontece tanto na China como nos países europeus e, desde que não sejam atingidas por catástrofes como incêndios ou terremotos, preservam a imagem de uma época feudal. Exemplo disso era a cidade onde se encontrava naquele momento: se se abstraísse dos fios, dos postes, dos anúncios pintados a tinta e das vitrines aqui e ali, era possível ver em toda parte construções que lembravam as gravuras da obra *Ukiyozoshi*, a coletânea de contos do escritor Saikaku Ihara (1682). Os depósitos das lojas, de paredes e até vigas rebocadas, as treliças de madeira grossa em janelas sobressalentes, os telhados cobertos de pesadas telhas arredondadas, os grossos cartazes de madeira feitos de *keyaki* com as gravações "Laca", "Shoyu" e "Óleo" quase apagadas pelo tempo, as cortinas comerciais curtas em azul-marinho estampando o nome do estabelecimento e pendendo para além de um vestíbulo de terra batida — ah, essas coisas traziam de volta o romantismo das antigas cidades japonesas, costumava dizer o velho homem. A brancura de uma parede que se ergue contra o céu azul é fascinante, quase nos suga a alma, pensou Kaname. As paredes eram como o obi que Ohisa levava à cintura: expostas à chuva, ao vento e ao ar puro daquela cidadezinha à beira-mar, haviam perdido naturalmente o brilho original agressivo, resultando numa tonalidade quente e clara, vívida mas ao mesmo tempo austera, capaz de apaziguar a alma daqueles que se quedavam a contemplá-las.

— O interior das casas antigas é escuro e torna difícil adivinhar o que há do outro lado dessas treliças — comentou Kaname.

— É porque a rua é clara demais. Como vê, a terra desta região é esbranquiçada — explicou o sogro.

Repentinamente, Kaname evocou as feições das pessoas que haviam habitado aqueles interiores escuros. Em casas iguais àquelas haviam morado pessoas cujos rostos lembravam os dos bonecos do bunraku, nelas haviam levado vidas semelhantes às descritas nas peças. E igual àquela também tinha sido com certeza a cidade da peça *Dondoro* — universo dos personagens Oyumi, Jurobei de Awa e da peregrina Otsuru. Ohisa, a jovem que caminhava agora ao lado dele, talvez fosse parte daquele mundo, quem sabe? Num belo dia de primavera, cinquenta ou cem anos antes, uma mulher exatamente igual a Ohisa podia ter andado, lancheira na mão, por aquele mesmo caminho rumo ao teatro montado na beira do rio, usando o mesmo quimono e o mesmo obi. Ou, quem sabe ainda, tocara "A neve" num aposento situado para além daquelas treliças... Realmente, Ohisa era uma visão desgarrada do universo feudal.

11.

Em Awaji, a gente da terra afirma que a ilha foi o berço do teatro de bonecos *joruri*. Quem visitar uma modesta vila de nome Ichimura, à beira da estrada que leva de Sumoto a Fukura, ali encontrará ainda hoje sete grupos teatrais de bonequeiros. Tempo houve em que a pequena comunidade chegou a abrigar trinta e seis desses grupos, razão por que passou a ser conhecida como "Vila dos Bonecos". Em época que se perdeu na memória do povo, diz-se que um nobre, banido da corte de Kyoto, bateu com os costados na ilha e se fixou na vila. Ao ver-se perdido em terra tão desolada, o nobre caído em desgraça começou a fabricar bonecos articuláveis como recurso para se distrair e, ao movimentá-los, teria dado início ao teatro *joruri*. O célebre Awaji Gennojo, reza a tradição, teria sido um ilustre descendente do fidalgo deportado, e sua família, respeitada e tradicional, vive até hoje numa esplêndida mansão na vila Ichimura, realizando turnês não só pela ilha como também por províncias de Shikoku e da região central do Japão. Contudo, o teatro *joruri* não é atividade exclusiva do clã

Gennojo. Afirma-se, embora com certo exagero, que não há na vila quem não esteja de algum modo ligado à atividade teatral: todos são baladistas *gidayu*, ou tocadores de *shamisen*, ou bonequeiros ou chefes de trupe. Durante a estação fértil, os aldeões trabalham na terra, e na entressafra compõem trupes e saem a exibir-se pela ilha. Eis por que o teatro *joruri* de Awaji é pura arte rural, nascida e criada na tradição campestre.

Maio e janeiro são os meses de atividade teatral. Se o visitante aportar em Awaji nessas épocas, encontrará espetáculos montados não só em Sumoto, Fukura, Yura e Shizuki, como em toda parte. Nas cidades maiores, galpões são alugados para as exibições. Porém, em geral as trupes erguem um cercado de toras em campo aberto, improvisam cobertura com esteiras de junco e... cancelam os espetáculos em dias de chuva... Facilmente compreensível é a presença, em Awaji, de fanáticos por bonecos. E, quando o gosto pelo passatempo se exacerba, tais fanáticos são capazes de montar espetáculos com guinhóis — marionetes desprovidos de cordéis e animados pelos dedos do operador — e sair por povoados e cidades, batendo de porta em porta. Quando solicitados, esses artistas solitários entram nas casas, entoam os trechos mais populares das baladas e dão vida aos seus guinhóis. Outros ainda existem que a paixão desmedida por bonecos leva à bancarrota, ou, pior ainda, à loucura. É pena que a passagem dos anos exerça pressão inexorável sobre tamanho tesouro folclórico regional e o condene à decadência. Enquanto o uso consome os próprios bonecos, artesãos capacitados a produzir cabeças estão desaparecendo, restando apenas três deles atualmente: Tengu-hisa e seu discípulo, Tengu-ben — ambos vivendo num subúrbio da província de Tokushima — e Yura-game, no porto de Yura. Deles, Tengu-hisa, o único realmente capacitado, já tem seus sessenta ou setenta anos de idade e, caso venha a falecer, levará sua arte para o túmulo. Quanto a Tengu-ben, foi para Osaka e trabalha nos bastidores do Teatro Bunraku, mas sua função é apenas consertar bonecos quebrados e retocar-lhes a pintura do rosto. E, muito embora o Yura-game anterior produzisse excelentes exemplares, o atual é barbeiro de profissão e seu trabalho também se restringe a consertos. Não sendo nada fácil obter cabeças novas, os manipuladores manuseiam bonecos velhos com extremo cuidado, e todos os anos, nas proximidades de janeiro e maio, dezenas de cabeças provenientes dos diversos grupos teatrais chegam às mãos dos artesãos de Awaji para ser consertadas. Uma visita a tais artesãos nesses meses pode render uma cabeça a preço módico.

O ancião obtivera a informação em cuidadosa pesquisa e, entusiasmado, declarara: "Desta vez, consigo um boneco para mim de qualquer jeito". Na verdade, pouco tempo antes, o sogro de Kaname havia encetado uma série de negociações para obter um exemplar avariado no Teatro Bunraku de Osaka e se vira frustrado em seu intento. Então alguém lhe dissera: "É fácil comprar bonecos velhos em Awaji". De posse da informação, o velho homem montara o seguinte itinerário: peregrinaria pelos pontos sagrados de Awaji, assistiria às peças encenadas na ilha e visitaria o artesão Yura-game no porto de Yura, e a casa de Gennojo na Aldeia dos Bonecos. No caminho de volta, tomaria o vapor em Fukuura, visitaria o lago Naruto e, em seguida, atravessaria o braço de mar para alcançar Tokushima, onde visitaria também o artesão Tenguhisa.

— Este é um cenário bem bucólico, não é mesmo, Kaname? — disse o ancião.

— Realmente — concordou Kaname trocando um rápido olhar com o sogro, mal puseram os pés no interior da tenda.

A singeleza campestre do quadro que se revelou diante deles só podia ser definida como bucólica. Tempos antes, num dia morno de abril, Kaname fora ao templo Mibu, em Kyoto, para assistir a uma pantomima. O tépido e glorioso ar de primavera inundava o jardim do templo e alcançava a plateia, provocando sonolência. A balbúrdia das crianças brincando nas proximidades, os reflexos vítreos do sol na lona das barraquinhas dos vendedores de máscaras e de confeitos, assim como diversos ruídos distantes, mesclavam-se à música lenta de uma banda que tocava o acompanhamento da pantomima. Kaname sentiu uma agradável lassidão apossando-se dos sentidos, lassidão que o levou a dormitar por instantes e a despertar sobressaltado logo em seguida. Dormitou e acordou, dormitou e acordou, duas, três vezes. E mais vezes ainda se seguiram, a dormitar e acordar. A cada vez que despertava sobressaltado, fixava o olhar no palco e percebia que a pantomima continuava. Indolente, o acompanhamento musical também prosseguia e, fora, o sol ainda brilhava sobre a lona das barraquinhas, a balbúrdia das crianças era a mesma e o lindo dia de primavera parecia nunca terminar... Daquele dia, ficaram na lembrança imagens retalhadas, como sonhos sem nexo no decorrer de uma sesta muitas vezes interrompida. Kaname não sabia como definir a sensação confortável de estar livre de cuidados e distante daquele vale de lágrimas... Tinham sido momentos abençoados, vividos num reino em paz, ou talvez num paraíso terreno... Havia muito não se sentia tão bem, talvez desde o dia em que, ainda criança, fora levado ao templo Suitengu para assistir a um bailado *kagura* do ritual xintoísta. Pois, no interior do galpão, o clima era idêntico.

Esteiras de junco mal ajustadas fechavam as laterais e o teto da tenda. Pelas numerosas frestas, o sol penetrava produzindo pequenas poças de luz na plateia, deixando à mostra, aqui e ali, o céu azul e os talos espigados das gramíneas da ribanceira. O ar, que normalmente estaria turvo da fumaça dos cigarros, era revigorante como o de um campo graças à brisa que, perpassando sobre astrágalos, dentes-de-leão e colzas, varria agora o interior do galpão. O chão tinha sido forrado com esteiras sobre as quais espalhavam-se diversas almofadas para o público. A presença das crianças da aldeia — que, alheias à peça encenada no palco, comiam doces, chupavam laranjas e brincavam ruidosamente, apossando-se do espaço e transformando-o em pátio de jardim de infância — tornava clara a semelhança com o ambiente de um festival *kagura* de um templo interiorano.

— Isto aqui é bem diferente de uma exibição no tradicional Teatro Bunraku de Osaka, não há dúvida — comentou o velho.

Em pé e com as lancheiras na mão, os três se quedaram por instantes contemplando vagamente o tumulto das crianças, incertos sobre onde pisar.

— Apesar da balbúrdia, o espetáculo já começou. Há bonecos se movendo no palco — disse Kaname.

Para além da agitação das crianças, a cena que Kaname entrevia no palco parecia totalmente diversa da que vira no Teatro Benten de Osaka. Lembrava um país de conto de fadas — um mundo fantástico, ingênuo e brejeiro, como o das histórias infantis. O pano de fundo era de seda, com campânulas pintadas em toda a extensão. A cena era provavelmente a abertura, "Pirilampos em Uji". Um boneco com aspecto de samurai jovem, provavelmente o amado Komazawa, e uma boneca linda no padrão princesa, com certeza a heroína Miyuki, sentavam-se bem próximos, no convés de um barco, e abanando-se com leques moviam as cabeças ou falavam-se ao pé do ouvido. Todavia, a cena — ao que tudo indicava um dos pontos altos da peça — não tinha o realismo das apresentações de Bungoro porque nem a voz do narrador nem o som do *shamisen* chegavam à plateia. Dava a impressão de que os bonecos brincavam com as crianças da aldeia, compartilhando de sua inocência e ingenuidade.

Ohisa insistia em sentar-se num dos estrados de madeira armados para o público, mas o velho homem era de opinião que o teatro de bonecos tinha de ser visto de uma posição inferior ao palco. "Este é um bom lugar", dissera ele, ajeitando-se sobre as esteiras que forravam o chão. Já era época de brotos verdes despontarem por toda parte, mas a umidade e o frio do solo, ainda consideráveis, chegariam a quem, como eles, se propusesse a sentar-se no chão com apenas uma fina almofada de permeio.

— Ai, meu traseiro está gelando — reclamou Ohisa, empilhando rapidamente três almofadas e sentando-se sobre elas. — Este frio não vai lhe fazer bem, escute o que estou dizendo — insistiu a moça, ainda querendo sentar-se no estrado.

— Calma, não adianta procurar conforto nestes lugares, Ohisa. Olhe, vamos ficar aqui mesmo e suportar o frio, porque só assim participaremos realmente das emoções da peça. Isto ainda renderá boas recordações no futuro, vocês vão ver — replicou o velho, sem mostrar nenhuma intenção de seguir os conselhos dela.

Apesar do que dizia, o ancião tratou de aquecer numa espiriteira a álcool o saquê contido no frasco de estanho e bebeu-o em seguida.

— Repare nas pessoas à nossa volta. Como nós, todas trouxeram refeições em lancheiras de caixinhas laqueadas sobrepostas — comentou o velho.

— Algumas têm tampas adornadas com vistosos *makie*, notaram? E o conteúdo de todas elas é parecido: omeletes, *makizushi*... Acredito que as iguarias acabaram padronizando-se naturalmente porque este tipo de espetáculo é frequente nesta área... — comentou Kaname.

— Antigamente, era a mesma coisa em toda parte — observou o sogro. — Em Osaka, por exemplo, o povo manteve o hábito até há bem pouco tempo. As famílias tradicionais de Kyoto ainda hoje saem, a fazer piqueniques sob cerejeiras floridas, com um empregadinho carregando lancheiras e saquê. Ao chegar ao local do piquenique, arrumam uma espiriteira e esquentam o saquê. O que sobra, devolvem à garrafa, levam de volta para casa e, mais tarde, usam na cozinha como tempero. Muito sábio. Os nativos de Tóquio costumam dizer que o povo de Kyoto é avarento, mas acho muito mais inteligente levar a comida de casa do que comer aquelas coisas servidas em restaurantes. Você ao menos sabe o que está comendo.

Kaname passeou o olhar ao redor. Aos poucos, a plateia enchia, rodas se formavam aqui e ali, e pequenos banquetes tiveram início. Havia poucos homens entre os espectadores porque o sol ainda ia alto, mas matronas acompanhadas de mulheres mais jovens, com jeito de filhas casadas, e de crianças de diversas idades, algumas de colo, começaram a se agrupar e a tomar posição em pontos esparsos. Indiferentes à ação no palco, ocupavam-se apenas em fechar o cerco em torno de lancheiras e comer, produzindo indescritível algazarra. Claro estava que havia por lá barracas vendendo cozidos de legumes e saquê Masamune, dos quais aliás alguns espectadores se serviam. A maioria, porém, trouxera de casa volumosas lancheiras. Aquele era o cenário típico dos lados do monte Asuka na época de floração das cerejeiras, nos primórdios do período Meiji. Kaname sempre imaginara que lancheiras de laca adornadas de *makie* fossem artigos de um luxo ultrapassado, mas ali viu pela primeira vez muitas e em pleno uso. As cores daquelas caixinhas laqueadas harmonizavam-se com o dourado das omeletes e o branco dos bolinhos de arroz, dando às iguarias um aspecto realmente saboroso. "A comida japonesa deve ser apreciada com os olhos, e não com a boca", dissera alguém, com certeza amaldiçoando as incontáveis iguarias de colorido e formato requintados dos banquetes formais, que constituíam festa apenas para os olhos. Não era o caso das lancheiras que Kaname via diante de si. A vistosa combinação de branco, vermelho e outros tons não só alegrava os olhos, como também emprestava um aspecto inesperadamente convidativo a iguarias simples como picles e bolinho de arroz.

— O frio e o saquê fazem uma combinação desastrosa... — dizia o velho, erguendo-se várias vezes nas últimas horas para ir ao banheiro.

Ohisa passava por momentos piores. Ciente das condições precárias do galpão, a moça havia se precavido antes de sair da hospedaria. Contudo, a própria noção de precariedade costuma estimular o que se procura conter. Atravessando as esteiras e as almofadas, o frio que subia pela sua espinha tinha se associado às duas ou três taças de saquê que, mesmo sem ter o hábito, bebera para fazer companhia ao velho. Agora, tudo isso e mais as iguarias da lancheira que andara beliscando haviam começado a surtir efeito.

— Onde é...? — perguntou, erguendo-se.

— Não acho que você seja capaz de usar aquilo — replicou Kaname, que retornava naquele instante, com uma careta.

Explicou que o banheiro consistia em dois ou três tanques de fossa, enterrados lado a lado no chão, em local desprovido de qualquer tipo de proteção. Homens e mulheres faziam ali as suas necessidades, em pé.

— E agora? Como é que eu faço? — choramingou Ohisa.

— Qual é o problema? Estamos todos no mesmo barco, não estamos? Vá lá e faça, não se acanhe.

— Mas... de que jeito? Em pé?

— Em Kyoto, muitas mulheres fazem desse jeito, não fazem?

— Que absurdo! Eu *nunca* fiz!

Aconselhada a procurar um restaurante nas proximidades, Ohisa se afastou, retornando quase uma hora depois. Havia passado diante de diversos tipos de restaurantes, explicou a moça, mas desconfiara de que as instalações fossem igualmente precárias e acabara retornando a pé até a hospedaria. Na volta, viera de riquixá. Indagava-se agora como as mulheres e moças presentes no teatro estariam resolvendo seus problemas. E enquanto os três, preocupados com o que não era da conta deles, especulavam soluções, um episódio perturbador havia se originado nos fundos da plateia. Uma mulher segurando uma criança nos braços parara no corredor de terra formado entre as esteiras e, abrindo a frente do quimono da criança ajudava-a a aliviar-se, produzindo um ruído que lembrava o de uma torneira aberta.

— Que barbaridade! Esta ultrapassou os limites. Sem contar que está bem diante dos nossos lanches! — reclamou o velho, horrorizado com o que via.

Indiferente ao pandemônio que se instalara na plateia, um novo baladista *gidayu* subira ao palco. Sob o efeito do saquê matinal e da balbúrdia ao redor, Kaname só percebia a ação no palco em lampejos sucessivos, mas nem isso o aborrecia. Assaltava-o uma sensação agradável, como se estivesse imerso na água morna de uma banheira clara, ou como se experimentasse o descuido, a preguiça e o langor das manhãs em que ficava até mais tarde na cama em suave, irresistível sonolência.

Enquanto isso, as cenas do teatro se sucediam, e a da despedida a bordo de um barco em Akashi, assim como as da mansão de Yuminosuke, da casa de chá em Oiso e da montanha Maya, chegava ao fim. No momento parecia que representavam a cena da cabana em Hamamatsu. O sol lá fora estava longe de descambar, e pelas frestas das esteiras que formavam o teto espiava o mesmo glorioso céu azul. Nesse tipo de situação, enredos perdiam a importância. Bastava apenas contemplar, em distraído enlevo, o movimento dos bonecos. A balbúrdia deixa de incomodar, os diversos sons e cores dissolvem-se e compõem um caleidoscópio festivo que, mesmo embaralhando a vista, compõem uma harmonia final.

— É realmente bucólico... — repetiu Kaname.

— Pois estes bonecos excederam minhas expectativas. E o bonequeiro que manipula Miyuki não é dos piores, reparou? — disse o sogro.

— É verdade... Esperava que o trabalho fosse um pouco mais primitivo.
— É que, independentemente do local onde são exibidos, estes espetáculos têm em linhas gerais o mesmo formato. Uma vez que não haja alteração no texto da balada, os procedimentos sempre seguem um padrão.
— E não existe um estilo de balada que se possa considerar típico de Awaji?
— Os especialistas dizem que o teatro *joruri* de Awaji é um pouco diferente do de Osaka, mas eu mesmo não sou capaz de apontar as diferenças.
Há os que afirmam que "padronizar a arte" ou "ajustá-la a uma forma predeterminada" seria o mesmo que decretar a sua decadência. Mas não teria sido a existência de um padrão que, em última análise, possibilitara ao teatro de bonecos *joruri*, fruto da arte rural, alcançar um nível de representação apreciável? Visto por esse ângulo, pode-se afirmar que até o antigo teatro kabuki — em que atores, e não bonecos, representavam ao som das baladas e excursionavam pelos campos — também seja folclórico. Em cada uma dessas peças, personificações e gestos vêm sendo estudados e padronizados por atores importantes das diversas gerações, e tais "padrões" têm sido transmitidos através dos tempos. Eis por que até mesmo um amador é capaz de apresentar uma imitação razoável dessas pantomimas, bastando seguir tais padrões preestabelecidos e mover-se de acordo com as deixas fornecidas pelo baladista. Por seu lado, a plateia consegue apreciar essas atuações amadoras acompanhando tais padrões e comparando-as mentalmente às dos atores profissionais. Em algumas estalagens de estâncias termais no interior do país, crianças encenam peças para o entretenimento dos hóspedes e deixam os espectadores admirados com a eficiência tanto dos pequenos atores em aprender como dos seus mestres em ensinar. Tal fato talvez demonstre que,

diferentemente do teatro moderno, em que cada ator interpreta o papel à sua própria maneira, a existência de padrões básicos no teatro antigo tenha possibilitado o aprendizado e a interpretação dos diversos papéis até mesmo para mulheres e crianças. Somos levados a reconhecer que havia, afinal, numa época em que o cinema inexistia, uma diversão bastante acessível capaz de substituí-lo. O teatro de bonecos, além disso, forma-se e se locomove com poucos equipamentos e figurantes, e deve ter se constituído por isso mesmo em inestimável fonte de distração para os moradores do interior. Assim, supõe-se que, no passado, essas modalidades teatrais antigas tenham chegado a todos os recantos do território japonês, onde lançaram profundas raízes.

Da peça O *diário da campânula*, Kaname só conhecia as cenas de praxe: o encontro na hospedaria e a cheia do rio. Trechos como "Certo ano em que pegávamos pirilampos em Uji..." ou "Em prantos aguardamos ventos favoráveis em Akashi" eram-lhe familiares, mas nunca as vira, tampouco a cena da cabana de Hamamatsu que encenavam agora. Notou também que, muito embora a peça retratasse uma época passada, não havia algumas das características do teatro antigo, como, por exemplo, o enredo artificialmente intrincado ou os apelos cruéis ao senso de dever impostos pelo código de honra da classe guerreira. Ao contrário, reproduzia a alegria ingênua do cotidiano popular e prosseguia em ritmo leve, temperada até com uma pitada de humor. Kaname não saberia dizer em que época transcorria a história, nem se ela se baseava ou não em fatos verídicos, mas ouvira dizer que o personagem Komazawa, o herói da peça, tinha por modelo o histórico Nozawa Banzan. De todo modo, havia trechos que lembravam uma época ainda anterior ao xogunato Tokugawa (1600-1867), talvez o período Sengoku (1477-1573) ou Muromachi (1392-1573). Mas a passagem em que um homem envia uma canção a uma mulher que canta ao som do *koto*, ou a cena que descreve as peripécias da ama de leite de nome Asaka indo no encalço da sua princesa, lembravam obras do período Heian. E, apesar de descrever fatos de um passado longínquo, a peça tinha apelo popular e certo realismo. A personagem Asaka, por exemplo, surge em roupas de peregrina e entoa hinos religiosos, compondo uma figura familiar para o povo da ilha de Awaji. Considerando-se que os ilhéus ainda viam pessoas vestidas como a personagem Asaka andando pelas ruas da cidade e cantando os mesmos hinos religiosos, tornava-se bastante claro que, diferentemente da visão do povo de Kanto, os nativos de Kansai percebiam as peças *joruri* como uma realidade muito próxima a eles.

— O problema está nesta peça — observou de repente o velho, como se pensasse alto. — Dizem que, aqui em Awaji, *A dama Tamamo* ou *A canção de Ise* são diferentes e muito mais divertidas que as versões apresentadas em Osaka.

De acordo com o ancião, passagens e ações que haviam sido proibidas no Teatro Bunraku de Osaka sob o pretexto de serem desumanas ou inconvenientes, em Awaji eram até então encenadas de acordo com o modelo clássico, dando um sabor diferenciado e especial às exibições. Da peça *A dama Tamamo*, por exemplo, em Osaka encenavam apenas a terceira cena, enquanto em Awaji representava-se desde a abertura até o fim, tornando assim possível assistir à cena em que uma raposa de nove caudas mata a referida dama, rasga-lhe o ventre e sai abocanhando as tripas sangrentas — representadas por tiras de seda rubra. Da mesma forma, *A canção de Ise* em Awaji exibe uma cena em que dez homens são abatidos a golpes de espada, quando então troncos, braços e pernas decepados se espalham por todo o palco. É também original a cena de extermínio dos diabos do monte Oe em que surge uma cabeça decepada de diabo bem maior que a humana, impossível de ser vista em Osaka.

— É a esse tipo de peça que precisamos assistir. Amanhã, por exemplo, vão levar uma que valerá a pena ver, A montanha Imose.
— Mas este *Diário da campânula* está sendo muito interessante para mim. Nunca a vi representada integralmente — replicou Kaname.

Não sabia avaliar direito o desempenho dos bonequeiros, mas, mesmo assim, notava que o trabalho deles era rude e rígido, provinciano enfim, quando comparado ao dos profissionais do Teatro Bunraku de Osaka. Em parte, tal impressão talvez se devesse aos rostos dos bonecos e ao modo de vesti-los. Comparados aos de Osaka, aqueles bonecos tinham olhos e narizes de formato estranhamente duro, os quais emprestavam ao rosto uma expressão distante da humana. As bonecas estrelas do bunraku tinham rostos cheios e suavemente arredondados, enquanto as de Awaji apresentavam nariz alto e frio em feição alongada, o que lembrava as tradicionais bonecas de Kyoto ou talvez as dos Festivais de Bonecos. Quanto à cara dos vilões masculinos, era tão vermelha e sinistra que se assemelhava à de diabos e aparições. Sobretudo, os bonecos de Awaji — especialmente a cabeça deles — eram bem maiores que os de Osaka, tão grandes quanto crianças de sete ou oito anos. O povo de Awaji diz que os bonecos de Osaka são pequenos demais e que, por conta disso, as expressões faciais não são facilmente distinguíveis da plateia. Acham defeito também no hábito de não lustrarem o gesso que recobre os rostos — os artesãos de Osaka se esforçam para dar à tez dos bonecos uma aparência mais opaca e humana e, para tanto, não lustram o gesso. Mas os de Awaji, que têm o hábito de polir os rostos até que brilhem como espelho, entendem que falta capricho aos de Osaka no acabamento final. De fato, os exemplares que Kaname via diante de si mexiam muito os olhos. Os personagens masculinos principais não só os moviam da direita para a esquerda, como também para cima e para baixo, expondo olhares tensos e injetados, ou azulados de ira. Os nativos de Awaji dizem com muito orgulho que os exemplares de Osaka não possuem dispositivos tão elaborados e que lá os principais papéis femininos nem sequer mexem os olhos, enquanto em Awaji até as bonecas abrem e fecham as pálpebras. Resumindo, o teatro de Osaka superava o de Awaji no efeito geral, mas os ilhéus se preocupavam muito mais com o próprio boneco do que com a peça. Na certa, cada boneco era visto com o mesmo olhar amoroso com que um pai veria o próprio filho no palco.

Pena é que, enquanto o teatro de Osaka tinha verba mais que suficiente para as despesas de produção — patrocinado como era pela companhia teatral Shochiku —, o de Awaji — trabalho secundário de lavradores — acabasse sendo um espetáculo tão pobre, com seus bonecos usando enfeites para cabelo e roupas visivelmente humildes. Tanto Miyuki como Komazawa vestiam roupas velhas e gastas, mas o ancião, que gostava de roupas antigas, discordou:

— Nada disso. Esses quimonos são muito melhores que os de Osaka.

Determinado obi é feito de um tipo especial de lã, o tecido deste outro quimono é da ilha de Hachijo, discorria o velho sobre a indumentária de cada boneco que surgia no palco, lançando-lhes olhares cobiçosos.

— Os do Bunraku também se vestiam desse jeito antigamente, mas, nos últimos tempos, o guarda-roupa se tornou vistoso demais. Não tenho nada contra o costume de produzir quimonos novos a cada temporada, mas acho que extrapolaram no instante em que começaram a confeccioná-los com crepe e musselina de seda estampada. As roupas têm de ser sóbrias, como as dos atores do teatro nô. E, quanto mais velhas, mais autênticas e mais bonitas — dizia o velho.

Enquanto Miyuki e Sekisuke partiam em jornada, o longo dia chegou ao fim. E, no momento em que a cena afinal terminou, a noite já havia caído lá fora. A plateia, cheia de claros durante o dia, aos poucos se enchera, assumindo o aspecto de noite de função. Era hora do jantar, e um número crescente de grupos tinha começado a se banquetear em diversos pontos. Por conta das lâmpadas fortes que pendiam nuas do teto, a iluminação era eficiente, mas ofuscava. No palco, desprovido de ribalta ou refletores, pendiam as mesmas lâmpadas nuas da plateia, de modo que, iniciada a décima cena da peça *Taikoki*, os rostos polidos de todos os bonecos passaram a refletir intensamente as luzes do teto. Jujiro e Hatsugiku transformaram-se numa formidável visão radiosa, difícil de ser encarada. Apesar de tudo, a qualidade dos baladistas *dayu* que subiam ao palco começava a melhorar, aproximando-se do nível profissional.

Nesse momento, uma voz se fez ouvir a um canto do estrado: "Notaram como esse *dayu* é competente? Ele é da minha terra. Façam silêncio e ouçam a ária com atenção!". No mesmo instante, outra voz rouca irrompeu, vindo do extremo oposto: "Cai fora! O *dayu* da minha aldeia é muito melhor que isso!". O apoio dos espectadores, embriagados em sua maioria, logo se dividiu entre um e outro baladista, e a rivalidade entre as aldeias se acirrou com o avançar da noite. Nos trechos favoritos, fãs ardorosos intervinham com incentivos das mais variadas espécies e, no auge, esquecida a rivalidade, todos choravam juntos exclamando: "Ah, que crueldade! Isso é demais!". Visão divertida eram os bonequeiros, que tinham os olhos avermelhados por já haver, ao que tudo indicava, tomado alguns tragos. O fato em si não teria muita importância, não estivesse o bonequeiro que manipulava a heroína tão irresistivelmente atraído pelo papel que chegava a fazer ele próprio gestos estranhamente afeminados. Esse tipo de situação é comum também no Bunraku de Osaka, mas o que tornava a presente visão mais divertida era que aqueles bonequeiros — devidamente paramentados com os coletes formais de ombros largos — eram rudes lavradores de caras queimadas de sol e suspeitamente rosadas. E além de poses langorosas, faziam também caras e bocas ao ouvir as emocionadas intervenções "Ah, que crueldade! Isso é demais!" da plateia. Aos poucos, os bonecos também começaram a se mover de modo nada convencional, o que serviu para alegrar o ancião, até então levemente decepcionado com a falta de originalidade da apresentação. Na peça *Oshun e Denbei*, o treinador de macacos Yojiro, pronto para ir para a cama, tornou a abrir a porta de treliça que já havia trancado e saiu para a rua, à beira da qual curvou-se e aliviou a bexiga. Nesse instante, um cão surgiu do nada, abocanhou a ponta da tanga e se foi, sempre a puxá-la.

Passava das dez quando o baladista Ro-dayu, anunciado em destaque no programa como convidado especial de Osaka, subiu ao palco para apresentar "O gago Matabei". Decorridos alguns instantes, um grande tumulto se originou na plateia. Um homem com jeito de capataz de obras e que bebia numa roda de cinco ou seis colegas — todos vestindo uniforme de trabalho azul-marinho abotoado até o pescoço — ergueu-se de repente na plateia e chamou para a briga um espectador acomodado num dos estrados. Pelo visto, fazia já algum tempo que a plateia se dividira, uma parte formada por filhos da terra hostis ao baladista *dayu* vindo de Osaka e outra, por não hostis. Os dois lados vinham se digladiando havia algum tempo, lançando-se mútuos apupos, e o quadro já era tenso quando, de um dos tablados, alguém disse algo que irritou o capataz. "Vem cá, malandro!", berrou este, pronto para saltar na direção do estrado. Os colegas se ergueram todos juntos e o retiveram, dizendo: "Deixa disso, deixa disso!". Cada vez mais furioso, o capataz afastou as pernas, estufou o peito e esbravejou. Os demais espectadores começaram a se manifestar exigindo silêncio, e a balbúrdia que se estabeleceu arruinou por completo a peça mais importante da noite.

12.

— Aqui nos separamos, Kaname. Até a vista — disse o ancião.
— Siga caminho com cuidado, meu sogro. Felizmente, o tempo continua firme... Não deixe o sol queimá-la demais, Ohisa!
Sob o sombreiro, Ohisa sorriu suavemente exibindo os incisivos escurecidos.
— Mande lembranças à sua mulher — disse ela.
Eram quase oito da manhã. No cais do porto, passageiros embarcavam no navio com destino a Kobe e Kaname se despedia do casal que, devidamente ataviado, estava por iniciar a romaria.
— Obrigado. Qual a data prevista para o seu retorno, meu sogro?
— Não faço ideia. Seja como for, não pretendo visitar todos os trinta e três pontos santos. De Fukuura, passarei para Tokushima e, de lá, vou para casa...
— ... levando um boneco de Awaji como lembrança desta viagem, certo?

— Certo. Venha conhecê-lo em Kyoto qualquer dia, Kaname. Desta vez, consigo um bom exemplar, você vai ver.

— Irei com prazer. Estava mesmo pensando em visitá-lo no final deste mês. Tenho negócios a resolver naquelas bandas.

A bordo do barco que se afastava lentamente do molhe, Kaname agitou o chapéu despedindo-se do sogro e de Ohisa, que continuavam parados no barranco.

A ilusão nos torna reféns das paixões dos Três Mundos
A iluminação nos conduz ao nada do paraíso terrestre.
Se leste e oeste inexistem desde o princípio,
Onde então haveria norte ou sul?

As letras da máxima budista escritas com pincel grosso em quatro faces do sombreiro tornavam-se aos poucos ilegíveis com a distância. Em resposta aos acenos do chapéu, Ohisa agitava no ar seu bastão de romeira. Contemplando-os, Kaname pensou: "De longe, e com os rostos ocultos pelos sombreiros, esses dois formam um harmonioso casal de peregrinos. Que importam os mais de trinta anos de diferença? Afinal, 'leste e oeste inexistem desde o princípio'. Ainda por alguns momentos continuou observando os dois vultos, que agora se afastavam com um leve tilintar de guizos. De súbito, lembrou-se dos versos de um hino que, monitorados pelo estalajadeiro, o casal se empenhara em decorar na noite anterior: "Firmes, os passos conduzem longe/ buscando templos onde a Lei de Buda floresce". O sogro abandonara *A montanha Imose* no ponto alto da peça e, retornando à estalagem, dedicara-se das nove à meia-noite a decorar o hino e alguns sutras. Kaname acompanhara as lições por solidariedade e acabara decorando-as também. Sobrepondo-se aos versos, veio-lhe à mente a imagem de Ohisa conforme a vira naquela manhã, à saída da hospedaria: usando o traje completo de peregrina — que incluía perneiras e protetores dorsais de mãos feitos de seda *habutae* branca —, ela amarrava, com a ajuda do estalajadeiro, as longas tiras da sandália de andarilha.

A única noite que Kaname inicialmente tencionara passar em companhia do sogro acabara somando-se a outra e a mais outra porque o teatro de bonecos realmente o havia atraído. Contudo, não podia negar que também pesara na resolução de permanecer mais tempo em companhia do sogro certa curiosidade quanto à relação dele com sua jovem amante. Para um homem velho, mulheres de raciocínio rápido e cheias de melindres talvez fossem cansativas. Àquela altura da vida, o sogro devia preferir uma companheira descomplicada, a quem pudesse amar como a uma boneca. Kaname não se julgava capaz de seguir seu exemplo, mas analisando friamente a própria relação familiar — tão tumultuada apesar de sensata na aparência — percebia, não sem inveja, que o velho homem construíra para si um mundo de paz, no qual podia dar-se ao luxo de se ataviar como um boneco e, em companhia de uma mulher com jeito de boneca, ir a Awaji procurar um boneco velho.

O dia continuava glorioso, mas, pelo jeito, poucos eram os desocupados que podiam excursionar naquela época do ano: os compartimentos da classe turística, amplos e arejados, estavam vazios — tanto o do andar superior, decorado à moda ocidental, quanto o do andar inferior, à moda japonesa. Kaname sentou-se no tatame, recostou-se na maleta de mão e estendeu os pés, a contemplar os ofuscantes reflexos das ondas que brincavam no teto do compartimento deserto. A suave primavera do mar Interno era um vago reflexo azulado nas sombras do aposento. Das pequenas ilhas pelas quais vez ou outra o barco passava, chegava-lhe um furtivo perfume de flores mesclado ao de maresia. Kaname havia levado diversas mudas de roupas para a curta viagem de dois ou três dias porque gostava de se vestir bem e porque não era um viajante experiente. Para o retorno, decidira-se por um conjunto de quimono, mas uma repentina ideia que lhe ocorreu naquele momento o fez tirar rápido proveito da sala deserta e trocar-se, vestindo um terno de flanela cinza. Dormitou as horas seguintes do percurso marítimo até ouvir sobre a cabeça o ruído metálico da âncora sendo içada.

Quando o navio chegou a Shimagami, em Hyogo, eram ainda onze horas da manhã. Em vez de seguir direto para casa, foi para o Hotel Oriental, onde, pela primeira vez em diversos dias, saboreou pratos mais gordurosos. Depois, apreciou um cálice de licor Bénédictine permitindo mais de vinte minutos para terminá-lo. E, antes que o sabor adocicado e os vapores do licor se dissipassem por completo, desembarcou de um táxi à porta de madame Brent na nobre área montanhosa da cidade e apertou a campainha com o cabo do guarda-chuva.

— Como vai? Que faz o senhor com essa maleta de viagem na mão?

— Desembarquei há pouco.

— Onde esteve?

— Na ilha de Awaji... Louise está?

— Pode ser que ainda esteja dormindo.

— E a madame?

— Lá está ela — disse o criado, apontando.

No fim do corredor, havia uma pequena área no topo de alguns degraus que levavam ao jardim. E ali, de costas para Kaname, sentava-se madame Brent. Mal ouvia a voz dele, costumava descer do segundo andar fazendo ranger os degraus sob o peso dos seus quase noventa quilos bamboleantes para lhe dar as boas-vindas. Naquele dia, porém, a mulher continuava a contemplar o jardim sem ao menos se voltar. A casa, antiga e sombria, construída talvez na época da abertura dos portos japoneses ao comércio internacional, tinha sido uma bela mansão em estilo ocidental, de aposentos amplos e pé-direito alto, mas agora o descaso lhe dava um ar desolado, de casa mal-assombrada. Do corredor, Kaname avistou um pedaço do jardim tomado por ervas daninhas, banhado pela claridade esverdeada característica de maio. Destacando-se contra essa luminosidade, alguns fios brancos do cabelo crespo de madame Brent brilhavam em transparência prateada.

— Que aconteceu? Que faz ela sentada ali?
— É que... ela hoje não está se sentindo bem. Só sabe chorar.
— Chorar?
— Pois é... Ontem, a madame recebeu um telegrama avisando que o irmão dela morreu. A coitada perdeu todo o ânimo... Nem tomou os tragos de que tanto gosta. Fale com ela, por favor — disse o criado.
— Boa tarde! — disse Kaname parando às costas da mulher.
— Como está passando, madame? Fiquei sabendo que seu irmão morreu.

No jardim, havia um robusto pé de lilás-da-índia carregado de flores roxas e, na área sombria e úmida protegida pela densa copa, a hortelã vicejava, disputando espaço com ervas daninhas. Madame Brent permitia que a hortelã se alastrasse porque gostava de usá-la para complementar seus cordeiros assados e seus ponches. Agora, a mulher contemplava o chão em silêncio, pressionando o rosto com um lenço de renda. Seus olhos apresentavam contornos avermelhados, como se o aroma adstringente da hortelã os houvesse irritado.

— Meus pêsames, madame.
— Obrigada.

Dos olhos cercados por camadas de pele rugosa e flácida, lágrimas escorreram traçando pontilhados brilhantes. Kaname ouvira dizer que as mulheres ocidentais choravam com facilidade, mas era a primeira vez que presenciava aquele tipo de

cena. A visão o entristeceu e o encheu de piedade, do mesmo jeito que uma melodia triste cantada em língua estranha o comoveria intensamente.
— Onde morava seu irmão?
— No Canadá.
— Quantos anos ele tinha?
— Quarenta e oito, ou nove... Talvez cinquenta.
— Muito cedo para morrer, sem dúvida. E agora, vai para o Canadá?
— Não. Já não há nada que eu possa fazer, entende?
— Há quantos anos não o via?
— Quase vinte. Vi-o pela última vez em Londres, em 1909. Mas sempre trocávamos cartas...
    Se o irmão mais novo tinha cinquenta anos, quantos anos ela teria?, indagou-se Kaname. Pensando bem, ele próprio já a conhecia havia mais de dez anos. À época, numa Yokohama devastada pelo terremoto e bem diferente da atual, madame Brent possuía duas casas: uma na área montanhosa de Yamate e outra em Negishi, próximo ao mar, e em cada uma delas sempre tivera cinco a seis mulheres. A casa de Kobe, em que Kaname se encontrava agora, era usada desde aquela época para veranear, mas madame Brent tivera outras, em Xangai e em Hong Kong, e viajava com certa frequência entre a China e o Japão para atender a seus negócios florescentes. Aos poucos, porém, perdera a juventude e a saúde e, com elas, a clientela. Com o fim da guerra, as grandes feitorias estrangeiras estabelecidas na área portuária haviam gradualmente se retirado para os países de origem por terem perdido seus negócios para as companhias comerciais japonesas que então iniciavam atividade em todo o território nacional. Além disso, rareavam os turistas dispostos a gastar montanhas de dinheiro. Eis por que seus negócios tinham declinado — dizia madame Brent, o que parecia não ser a pura verdade. Quando

Kaname a conhecera, suas faculdades mentais não pareciam tão deterioradas. Nascida na região de Yorkshire, na Inglaterra, e formada num colégio feminino tradicional, a mulher costumava gabar-se da boa educação e, apesar de morar havia mais de dez anos no Japão, jamais se dignara a falar uma única palavra em japonês. No meio de um bando de mulheres que só conseguia se comunicar no rude dialeto das colônias britânicas, era a única a falar o inglês castiço, repleto de termos e construções propositadamente rebuscadas, além de conversar com fluência em francês e em alemão. Tinha uma personalidade viva e marcante, à altura da função de proprietária de um bordel caro, assim como vestígios do antigo magnetismo de rameira. Vendo-a, Kaname não cansava de admirar a capacidade das mulheres ocidentais de aparentar eterna juventude. Com o passar do tempo, porém, o vigor se quebrantara, e a memória e o respeito dos subalternos lhe faltaram. Então, envelheceu de súbito, a olhos vistos. Antes, não era raro vê-la confidenciar a clientes em tom de bravata que determinado marquês as visitara incógnito na noite anterior; ou fingir erudição e discutir, com um jornal de língua inglesa aberto diante de si, os rumos da política externa britânica com relação ao Oriente. Nos últimos anos, porém, tinha perdido por completo tais pretensões, restando-lhe apenas o hábito, quase doença, de contar mentiras baratas, logo desmascaradas. Kaname estranhava que uma dama de espírito tão vivo pudesse chegar àquele estado. Na certa, efeito da bebida. Conforme a mente falhava e o corpo inchava, aumentava a quantidade de uísque que a mulher ingeria. E se antes, mesmo embriagada, conseguia manter uma conversação coerente, agora apenas alguns goles a deixavam atoleimada. Respirava com dificuldade desde as primeiras horas do dia e, segundo o criado, duas a três vezes por mês bebia até perder a consciência. Com o físico característico de pessoa hipertensa, madame Brent podia morrer de apoplexia a qualquer momento. E era por todas essas razões que, independentemente da situação econômica mundial, seu bordel jamais voltaria a prosperar. As meretrizes mais espertas desapareciam sem saldar as dívidas contraídas com a casa; cozinheiras e empregadas roubavam no preço das bebidas, e, em vez das loiras autênticas provenientes das colônias inglesas que costumavam se suceder umas após as outras, só nos últimos dois ou três anos se viam na casa mulheres mestiças ou russas e, mesmo estas, nunca mais que três de cada vez.

— Compreendo a sua tristeza, madame, mas não pode continuar chorando desse jeito porque acabará doente. Nem parece coisa sua! Vamos, beba um pouco e recupere o ânimo. O importante é saber se conformar...

— Agradeço suas palavras bondosas. Muito obrigada. Mas, entenda, ele era o meu único irmão... Mais dia, menos dia, todos morremos, sei disso... É impossível evitar... Sei disso, mas...

— Exatamente! É impossível evitar. Sendo assim, conforme-se, não há outra solução...

As lamúrias de madame Brent assemelhavam-se às de gueixas velhas que se veem algumas vezes em casas de chá interioranas. Preteridas, essas profissionais idosas agarram-se a clientes que nem ao menos conhecem, queixam-se de suas vidas infelizes e afogam-se em sentimentalismo barato. A tristeza era genuína, tanto no caso delas como no de madame Brent, não havia dúvida. Esta última, porém, tinha tanta vontade de ser consolada que fazia poses exageradamente tristes e falava em tom teatral. Era ainda o hábito de mentir que, manifestando-se sob outra forma, a impelia a enfatizar o próprio desgosto. Apesar de tudo, eram comoventes as lamúrias daquela velha dama estrangeira robusta como um elefante. E, embora as lágrimas fossem da mesma natureza das derramadas por atrizes baratas, o próprio Kaname, por absurdo que parecesse, não conseguia se manter indiferente e acabou afinal com os olhos úmidos.

— Perdoe-me... Entristeci-o quando devia guardar as lágrimas para mim...

— Não se preocupe comigo. Mais importante que tudo é cuidar da sua própria saúde, madame. Seu irmão morreu, mas isso não significa que tenha de adoecer também, entendeu?

Jamais diria frases tão piegas para uma mulher japonesa, pensou Kaname, corando de constrangimento e achando-se ridículo. Que dera nele? Teria sido o inesperado da situação? Afinal, viera apenas pensando em Louise e a notícia daquela morte o pegara de surpresa... Ou seria influência do tempo? Ele nunca havia consolado a falecida mãe ou a própria mulher com a metade daquele carinho. A língua inglesa seria especialmente triste?

— Como você demorou! Madame Brent o reteve, não é? — perguntou Louise mal o viu no andar superior.

— Passei por maus bocados... Não gosto de histórias lacrimosas, mas... com ela chorando daquele jeito na minha frente, eu não podia fugir, podia?

— Foi o que imaginei — disse Louise, rindo baixinho. — Ela tem de agarrar uma por uma todas as pessoas que aparecem e chorar um pouco com cada uma...

— Mas o choro não é fingido, é?

— Acho que a tristeza dela é real. Afinal, perdeu o irmão, não perdeu...? É verdade que você esteve em Awaji?

— É.

— Com quem?

— Com meu sogro e a amante dele.

— Vai se saber de quem era a amante...

— Era dele, não estou mentindo. Mas tenho de admitir que a moça me atrai...

— E para que veio me ver, nesse caso?

— Para compensar uma frustração... Tive de aguentar muitas cenas de lua de mel, entende?

— Que ideia!

Se do outro lado da porta um estranho os ouvisse conversando, jamais imaginaria que a voz feminina pertencia a uma mulher de cabelos castanhos curtos e olhos cor de avelã, tão fluente era Louise em japonês. Ainda agora, Kaname era capaz de cerrar os olhos no meio de uma conversa e, atentando apenas para o timbre, o sotaque e o linguajar de Louise, imaginar-se às voltas com uma garçonete num restaurante de algum povoado no interior do país. Triste era o fato de a própria Louise, sendo estrangeira, nem ao menos sonhar que seu linguajar tinha um leve sotaque nordestino. Somado à sua loquacidade peculiar, esse modo de falar lhe dava as características de uma rapariga atrevida que, de cidade em cidade e de boate em boate, já experimentara de tudo na vida.

Seja como for, depois de ficar ouvindo a voz dela por momentos, era surpreendente abrir os olhos outra vez, examinar o quarto e descobri-la sentada no banquinho diante do toucador, vestida apenas com a parte de cima de um pijama mandarim que mal lhe cobria as nádegas. Sob o pijama, surgiam pernas maquiadas de alto a baixo com base branca, as quais terminavam em pantufas francesas de seda amarela, de salto alto e bicos mimosos, pontudos como proa de submarino. Ao que parecia, Louise maquiava com a base branca não só os pés, mas o corpo inteiro, tarefa que lhe consumia muito tempo. Por isso, naquele dia, depois que a moça tomara banho, Kaname tivera de esperar quase meia hora até que ela acabasse de se aprontar. Louise dizia ter sangue turco por parte da mãe e maquiar-se, portanto, para ocultar o fato de não ser genuinamente branca. A verdade, porém, era que tinha sido exatamente o lustro daquela pele sombria que atraíra Kaname num primeiro momento. "Essa mulher custaria caro, mesmo em Paris. Nunca imaginei que pudesse haver gente desse nível perdendo tempo em Kobe!", um amigo recém-chegado de Paris dissera quando Kaname a apresentara.

Kaname a conhecera cerca de dois ou três anos antes, quando visitara pela primeira vez a casa de Kobe, em honra aos velhos tempos em que, mesmo sendo japonês, madame Brent lhe dera permissão especial para frequentar sua casa de Yokohama. Na ocasião, Louise surgira em companhia de duas outras mulheres para um brinde com o champanha oferecido por Kaname. Dissera ser polonesa de nascimento e estar em Kobe havia três meses. Informara também que tinha sido expulsa do próprio país pela guerra, que estivera na Rússia, na Manchúria e na Coreia, onde aprendera diversas línguas — por isso comunicava-se fluentemente com as outras duas mulheres russas na língua delas. "Se eu fosse morar em Paris, juro que, no prazo de um mês, estaria falando como uma francesa", disse ela, o que não parecia ser bravata. Tudo indicava que Louise era uma daquelas pessoas com aptidão natural para línguas: das três mulheres da casa, era a única capaz de discutir em inglês com madame Brent ou marinheiros ianques embriagados. Kaname, porém, nunca imaginara que um dia ela se expressaria com tanta eficiência em japonês, ou que, de sua boca acostumada a cantar canções eslavas ao som de balalaicas e guitarras, ouviria canções folclóricas japonesas como *yasuki-bushi* e o canto dos barqueiros coreanos *oryokko-bushi* — além de tudo com a bizarra competência de um cantor mambembe. Kaname, que sempre conversara em inglês nos domínios de madame Brent, tinha se inteirado havia bem pouco tempo, com total assombro, dessas aptidões da moça.

Confirmando a noção de que mulheres na profissão de Louise nunca revelam totalmente seu passado, Kaname soube algum tempo depois pelo criado da casa que na verdade ela era filha de mãe coreana e pai russo. A mãe vivia ainda em Seul e mandava-lhe cartas de vez em quando. À luz dessa informação, seu conhecimento do russo, bem como o desembaraço ao cantar *oryoko-bushi*, tornavam-se agora um pouco mais compreensíveis. Das muitas histórias que ela então lhe contara, uma única talvez fosse verdadeira: sua idade, dezoito anos. Ainda agora ela aparentava, quando muito, vinte anos. Seu linguajar e seu comportamento maduro desmentiam a aparência, mas eram consequências inevitáveis das histórias de vida dessas garotas infelizes.

Para se consolar da tristeza de suas noites solitárias, Kaname, que não tinha casa montada com concubina nem meretriz fixa, procurava Louise, a garota com quem melhor se entendia. Nos últimos dois ou três anos a constância desse hábito contrariava sua natural volubilidade. Se alguém lhe perguntasse a razão de sua preferência, Kaname diria que a casa de madame Brent era ideal para manter o anonimato por não aceitar clientes japoneses; que frequentá-la em vez de ir às casas de chá tradicionais representava economia de dinheiro e tempo; e, finalmente, que no tipo de relação macho e fêmea que buscava, era mais fácil pôr de lado constrangimento e eventuais remorsos se a fêmea fosse de um país estranho. Ele próprio acreditava firmemente serem essas as razões.

No entanto, por mais que se esforçasse por esquecer Louise tachando-a de simples "fêmea de membros e pelagem magníficos", percebia, não sem amargura, que tinha séria e inesperada dificuldade em abandonar seu corpo felino, o qual irradiava o mesmo júbilo exuberante de certas estátuas de bodisatvas lamaicas. E, embora morasse num quarto forrado com papel de parede cor de rosa repleto de fotografias de estrelas hollywoodianas — em meio às quais se misturavam as de atores e atrizes japoneses como Denmei Suzuki e Yoshiko Okada —, Louise cuidava de agradar-lhe o olfato e o paladar passando secretamente algumas gotas de perfume no dorso dos pés bem cuidados, demonstrando, assim, zelo e consideração que jamais ocorreriam às gueixas modernas.

Quando Misako ia para Suma e Kaname se via sozinho em casa, ele também se trajava esportivamente e saía, mas não por despeito. "Vou a Kobe fazer compras", avisava ele à criadagem. À tardinha, voltava para casa sobraçando um ou outro pacote de alguma loja da região de Motomachi. Seguindo os ensinamentos do sábio confucionista Kaibara Ekiken (1630-1714) — muito embora por interesse oposto ao pregado pelo mestre —, dedicava-se a esse tipo de atividade a partir da uma da tarde, com o sol ainda a pino. Sabia por experiência própria que poder contemplar o céu azul a caminho de casa ajudava a eliminar eventuais ressaibos e a terminar o dia sentindo-se leve, como se acabasse de vir de um passeio. O único problema era o perfume forte e persistente da maquiagem de Louise, o qual se impregnava na pele e nas roupas de Kaname e se alastrava pelo interior do táxi e recendia pelos aposentos quando ele volta para casa. Mesmo que o casamento fosse apenas formal e Misako estivesse ciente ou não de suas aventuras extraconjugais, Kaname considerava pouco educado fazê-la sentir o perfume de outra mulher. Às vezes, perguntava-se com certa curiosidade se Misako ia mesmo a Suma encontrar-se com Aso ou se os dois já haviam arrumado um ninho de amor num local mais próximo e conveniente. Mas, do mesmo modo que nunca se empenhara por satisfazer essa curiosidade — empenhava-se, aliás, por não satisfazê-la —, preferia também manter nebulosos os próprios movimentos. Eis por que, antes ainda de tornar a vestir as roupas no quarto de Louise, sempre mandava o criado de madame Brent preparar-lhe um belo banho de imersão. Mas a maquiagem que a moça usava, pegajosa como certo tipo oleoso de fixador de cabelo, só se desprendia com muito custo, depois de enérgicas escovadas. Kaname tinha a impressão de que a pele de Louise se destacava por inteiro e o recobria da cabeça aos pés, como uma fina malha de tecido vivo. A leve sensação de pesar que o assaltava no momento de livrar-se por completo daquela segunda pele forçava-o a reconhecer que a amava muito mais do que gostaria de admitir.

— *Prosit!* À *votre santé!* — brindou ela em duas línguas, levando aos lábios o copo âmbar brilhante.

Com a eterna desculpa de que não havia champanha decente na casa, Louise lhe vendia por um preço trinta por cento mais caro a garrafa de Dry Monopole que mantinha secretamente estocada em seu quarto.

— Você já se decidiu sobre aquele assunto? — perguntou.

— Ainda não.

— Mas então me diga ao menos o que é que você pretende, diga.

— Pois não acabo de afirmar que ainda não pensei no assunto?

— Ah, que droga! "Ainda não pensei, ainda não pensei!", é só isso que você sabe dizer?... Já não lhe expliquei no outro dia que me contento com mil ienes?

— Explicou, explicou.

— Pois então dê um jeito! Não me disse da última vez que se fossem só mil ienes você me arrumaria?

— Disse?

— Ah, seu mentiroso! É por isso que não gosto de japoneses!

— Que pena! Aceite minhas sinceras desculpas. E o americano rico que a levou a Nikko outro dia?

— Não mude de assunto. Puxa vida, você é bem mais pão--duro do que eu pensava. Mas aposto que dá um monte de dinheiro para essas imitações de gueixa.

— Está brincando? Engana-se redondamente se pensa que sou rico. Para mim, mil ienes representam uma pequena fortuna, não se esqueça.

Louise sempre trazia à baila esse assunto para tornar os encontros mais estimulantes. De início, costumava pedir a Kaname que saldasse a dívida de dois mil ienes que ela contraíra com madame Brent e que a estabelecesse em casa própria. Ultimamente, porém, modificara um pouco a história, passando a pedir apenas mil ienes e uma garantia sobre o restante.

— Você gosta de mim, não gosta?

— A-hã...

— Que raio de resposta desanimada é essa? Faça o favor de me ouvir com mais atenção! Você gosta de mim de verdade?

— Gosto de você de verdade.

— Nesse caso, me dê os mil ienes, ora! Do contrário, perde o tratamento preferencial, ouviu? Vamos, escolha de uma vez! Dá ou não dá?

— Dou, dou! Estou dizendo que dou, não basta? Acalme-se.

— Quando?

— Da próxima vez que eu vier.

— Sem falta? Jura que não está mentindo?

— Posso até jurar, mas... sou japonês, não se esqueça.

— Malandro! Você ainda me paga! Se não me trouxer da próxima vez, corto relações com você, está bem? Eu só estou pedindo tudo isso porque não quero ficar para sempre nesta profissão degradante. Ai, ai, sou tão infeliz!

A partir desse ponto, Louise assumiu ares de atriz dramática e, com os expressivos olhos cheios de lágrimas, passou a explicar como a sua profissão era difícil de ser suportada por alguém sensível como ela, disse que a mãe a esperava, ansiosa por sua volta, e acusou céus e maldisse o mundo. Antes de ir para Kobe, tinha sido bailarina e sabia dançar melhor que Eliana Pavlova. Em resumo, era diferente das mulheres que viviam ali, não podia desperdiçar seu talento naquela casa. Era capaz de se dar bem em Paris ou em Los Angeles e, com o seu conhecimento de línguas, podia ser secretária executiva ou datilógrafa, caso conseguisse colocação num escritório convencional. Kaname tinha de salvá-la, portanto, e apresentá-la à companhia cinematográfica Nikkatsu ou a alguma empresa estrangeira. Depois, bastava que ele lhe desse uma ajuda de cem a cento e cinquenta ienes mensais, porque o resto ela própria proveria.

— Faça as contas. Cada vez que vem a esta casa, você gasta mais de cinquenta ou sessenta ienes, certo? A longo prazo, você acabaria economizando!

— Mas ouvi dizer que uma esposa ocidental chega a custar cerca de mil ienes mensais ao marido. E como é que uma pessoa extravagante como você poderia viver com cem ou cento e cinquenta ienes mensais?

— Pois garanto que eu viveria. Além do mais, se eu trabalhasse numa empresa, eu mesma ganharia cerca de cem ienes mensais. Juntando tudo, seriam duzentos e cinquenta ienes, não seriam? Com esse dinheiro, consigo passar o mês muito bem, você vai ver! Eu deixaria de comprar bobeiras e de gastar tanto em roupas. Está muito enganado se pensa que sou gastadeira. Tenho muitas despesas porque estou nesta profissão, entendeu? Com casa própria montada, jamais se verá alguém tão organizado e econômico como eu, garanto a você!

— E que faço se, depois que eu saldar sua dívida, você me desaparecer lá para os lados da Sibéria?

Louise fez cara de ofendida e bateu os pés na cama com raiva. Kaname a arreliava de propósito porque o espetáculo o divertia, mas, para falar com franqueza, houve tempo em que se vira tentado a lhe dar o dinheiro. Conhecia-a bem, o bastante para saber que dela não podia esperar constância, mesmo promovendo-a à categoria de amante exclusiva. Na certa acabaria sumindo para os lados de Harbin, o que, sob certo aspecto, seria até desejável, pois deixaria de ser mais uma responsabilidade para ele. Mas o que realmente o impedira de desembolsar o dinheiro foi sua aversão instintiva às maçantes medidas burocráticas que teria de enfrentar caso se decidisse a montar um ninho de amor. Louise dizia não se importar que a casa fosse em estilo japonês comum, bastava apenas que os móveis fossem ocidentais. Mas só de imaginá-la confinada num quartinho de uma daquelas rangentes casas japonesas geminadas, pisando tatames velhos intumescidos, malposta num *yukata* e com os cabelos curtos em desmazelo — de súbito esquecida dos velhos hábitos extravagantes e tornada, ao menos na aparência, metódica e econômica como uma consciensiosa dona de casa —, só de imaginá-la desse jeito Kaname sentia o ânimo esfriar. Reconhecia porém que ele próprio era do tipo que se deixava levar facilmente e que, se Louise usasse de muita lábia para persuadi-lo, esse arranjo, no momento improvável e por isso mesmo aventado com displicência, podia tornar-se realidade. Por sorte, as súplicas de Louise, excessivamente teatrais, tornavam cômicas suas raivas e zangas.

    No quarto de venezianas cerradas, os raios solares do início de verão infiltravam-se pelas frestas das janelas fornecendo uma claridade baça e avermelhada, semelhante à coada por vitrô. Destacava-se vagamente o contorno dos objetos e tingia-se de rosa o corpo inteiramente maquiado da deusa Kangi-ten. E quando a divindade começava a queixar-se em seu japonês com leve sotaque nordestino, pontuando o discurso com gestos amplos e movimentos de quadris vigorosos, o quadro, longe de despertar piedade, assumia um aspecto agressivo e alegre. Kaname não dava uma solução definitiva ao pedido de Louise, mantendo-a na expectativa por todo aquele tempo porque queria continuar apreciando essa atuação dançante. Enquanto admirava o corpo avermelhado de cabelos curtos que se agitava sobre a cama, vinha-lhe à mente, com um súbito impulso de gargalhar, que bastava apenas um peitilho azul para transformá-la no menino Kintaro, o invencível lutador de sumô das lendas japonesas.

O criado preparou o seu banho às quatro horas em ponto, conforme Kaname lhe pedira.

— Quando é que você vem de novo?

— Talvez lá pela próxima quarta-feira.

— E traz o dinheiro, de verdade?

— Trago, trago.

Com o ventilador ligado às costas para dissipar o calor do banho quente, Kaname introduziu o pé na calça com uma rapidez que ele próprio considerou calculista e fria.

— Sem falta?

— Sem falta.

E, enquanto se despedia dela com um aperto de mão, pensava: Aqui não volto mais, Louise.

Aqui não volto... Assim prometia-se Kaname toda vez que o criado abria a porta e o conduzia ao táxi. Até nunca mais, dizia no íntimo para o rosto que lhe lançava um beijo pelo vão da porta entreaberta. A resolução, porém, nunca durava mais que três dias. Passada uma semana, a vontade de revê-la se avolumava de uma maneira que ele próprio considerava desprezível, e Kaname acabava voando outra vez para os braços de Louise, mesmo à custa de acrobacias em sua agenda de compromissos. Ah, o desejo ardente de revê-la que o assaltava antes dos encontros e o mal-estar que se seguia a eles... Kaname também experimentara essas mudanças de humor, mas em menor escala, na época em que mantivera relações com uma gueixa. Devia haver uma explicação fisiológica para os graus extremados de paixão e indiferença que experimentava com relação a Louise. Resumindo, ela era uma bebida de poderosa capacidade inebriante. No tempo em que ainda acreditava em tudo o que Louise lhe dizia, sua origem europeia o fascinara e instigara sua fantasia, fenômeno comum à maioria dos japoneses da sua geração. Pensando bem, um dos méritos de Louise era exatamente essa capacidade de compreender o desejo íntimo de seus clientes, cuidar-se para nunca mostrar a cor da própria pele e manter a pose para que sua mentira se transformasse em verdade. Tanto assim que, apesar de ainda sentir-se atraído por sua pele escura, Kaname nunca pedira que removesse a maquiagem, pois relutava em abrir mão das fantasias que uma pele branca, mesmo obtida por meios artificiais, era capaz de inspirar. Em sua mente, continuava profundamente gravada a avaliação do amigo: "Essa mulher custaria caro, mesmo em Paris".

Abandonando o corpo ao balanço do carro, Kaname abriu a palma da mão direita e aspirou o perfume que restava ali. Curiosamente, o aroma da maquiagem se entranhava nessa palma e persistia mesmo depois do banho, de modo que, nos últimos tempos, desistira de lavá-la e voltava para a casa apertando na mão um segredo voluptuoso.

Terá sido realmente a última vez? Talvez eu não volte nunca mais, pensou.

No momento, não havia ninguém a quem tivesse de prestar contas, mas um estranho senso moral e de dever — malgrado a vida quase libertina que levava no momento — o fazia perseguir continuamente o ideal de "homem de uma mulher só" que acalentara na juventude. Achava dignos de inveja os homens que, mesmo não se dando bem com as próprias esposas, continuavam vivendo para sempre ao lado delas e obtendo satisfação sexual com outras mulheres. Pudesse ele agir dessa maneira, teria contornado a relação com Misako e evitado criar toda a confusão do divórcio. Não sentia nem orgulho nem vergonha do próprio caráter. Ele era apenas extremamente egoísta e escrupuloso, e não um indivíduo com rígido senso de dever. Pois não seria incongruente viver toda a sua vida com uma mulher por quem não era capaz de sentir nem a metade da paixão que sentia por Louise — aquela jovem estranha, de raça e nação diversas, com quem cruzara casualmente?

13.

Saudações.

Espero que esta vos encontre gozando saúde. Depois que nos separamos, passei por Naruto e por Tokushima conforme havia planejado e retornei a Kyoto no dia 25 do mês passado. Ontem à noite, chegou às minhas mãos vossa missiva datada do dia 29 p.p., a qual li com profunda consternação, tão inesperado me foi o assunto que nela vi tratado. Sei que minha Misako está longe de ser perfeita, mas afianço-vos, senhor meu genro, que não a eduquei para ser a tola que me parece ter saído. Na certa "caiu em tentação", como diz o vulgo, só me restando imputar a alguma malfeitoria por mim praticada numa das minhas vidas passadas o infortúnio de ter de ouvir notícia tão lamentável na minha idade, com os cabelos já encanecidos. Como pai, vejo-me na obrigação de vos pedir indulgência para com minha filha, cuja insensatez me enche de indizível vergonha.

Tendo a situação chegado ao ponto descrito em vossa missiva, creio já não haver espaço para mediações. Cabe a mim apenas solidarizar convosco em vossa indignação. Contudo, ocorrem-me agora *alguns pontos que gostaria de ventilar, razão por que gostaria de vos ver, bem como à Misako, em data mais próxima possível, na minha casa. Na ocasião, pretendo não economizar conselhos à minha filha no sentido de demovê-la do seu intento e, não mostrando ela sinais de arrependimento, estai certo de que tomarei as medidas punitivas cabíveis. Caso porém ela se mostre disposta a comportar-se doravante com a discrição que dela é esperada, peço-vos encarecidamente que a perdoe.*

Adquiri enfim com muito custo o boneco dos meus sonhos e estava na verdade esperando apenas que a dolorosa rigidez que me atormenta os ombros cedesse um pouco para vos convidar a conhecê-lo, quando fui alcançado por vossa missiva, a qual, devo dizer, me aturdiu e arruinou por completo o prazer da minha mais recente e custosa aquisição. E aqui fico eu, pobre velho, lamentando sem cessar a infelicidade de haver peregrinado pelos locais santos e conseguido apenas o castigo de Buda em lugar de Sua graça.

Vinde o mais rápido que puder, se possível ainda amanhã. E, até que nos encontremos pessoalmente, abstende-vos de tomar qualquer medida capaz de alterar a situação atual.

É o que vos pede vosso sogro,

Muito grato, obrigado.

— E esta, agora! "... só me restando imputar a alguma malfeitoria por mim praticada numa das minhas vidas passadas o infortúnio de ter de ouvir tão lamentável notícia com os cabelos já encanecidos", diz ele. E agora? — resmungou Kaname.

— Afinal, que você disse em sua carta para ele reagir desse jeito? — indagou Misako.

— Nada de mais. Expus a situação da maneira mais simples possível, mas não deixei escapar nenhum ponto importante, tenho certeza. Expliquei que também tenho culpa e que se chegamos a

este desfecho foi também por meu desejo. Em suma, salientei que você e eu éramos igualmente responsáveis, mas...
— Pois desde o princípio eu sabia muito bem que tipo de resposta meu pai nos mandaria.

Para Kaname, porém, o teor da carta tinha sido inesperado. Misako pedira-lhe, aliás com razão, que se encontrasse com o pai e explicasse pessoalmente o problema: o assunto não era do tipo que pudesse ser tratado por carta e ela queria evitar mal-entendidos. Kaname concordara em princípio. Contudo, optara por mandar ao sogro primeiro uma carta explicando em linhas gerais a situação e ir vê-lo só alguns dias depois, porque não lhe agradara a ideia de estarrecê-lo pondo-o de súbito a par da situação. Àquela altura e cara a cara com o velho homem, ficava também muito mais difícil abordar o assunto, já que os dois haviam passado juntos dias agradáveis em Awaji sem que Kaname jamais mencionasse seus sérios problemas conjugais. Como dizia na carta, o velho homem imaginaria que o genro fora conhecer o boneco e se lançaria de imediato numa narrativa entusiástica dos lances da aquisição. Ademais, Kaname esperava que o sogro, em vista do próprio passado, fosse um tipo mais compreensivo. A seu ver, o velho teria na verdade personalidade flexível, receptiva aos usos e costumes modernos, e as ideias antiquadas que defendia não passariam de simples afetação e mania de exibir bom gosto. Foi portanto com surpresa que o viu não só interpretando erroneamente o que lhe havia escrito, como também declarando-se solidário com a "indignação" dele e cheio de "indizível vergonha" pela "insensatez da filha". Tivesse o velho compreendido o que Kaname escrevera, não teria motivo algum para se encher de "indizível vergonha". O tom leve que se esforçara para dar à carta tinha sido um erro, pelo visto. Talvez devesse ter optado por se mostrar contrito, pensou Kaname.

— Acho que existe um bocado de exagero na carta do seu pai. Nele, o ranço de moralidade ultrapassada serve para combinar com esse estilo epistolar antiquado que ele escolheu para me escrever, entendeu? Faz parte ainda dessa vontade característica de mostrar que tem bom gosto. No íntimo, aposto que não está tão propenso a maldizer a sina, conforme declara na carta. É mais provável que tenha se irritado porque pretendia passar momentos prazerosos comigo contemplando o boneco e se viu de repente confrontado com um assunto desagradável.

Pálida e composta, Misako mantinha-se imóvel. Sua atitude parecia dizer que havia muito transcendera tais preocupações e nada mais importava.

— E então, Misako? Que decide?

— Como assim?

— Quer ir comigo?

— Eu não!

Seu "não" era peremptório.

— Vá você falar com ele, Kaname.

— Pelo tom da carta, entendo que as coisas só se resolverão se você for também. Uma vez lá, vai descobrir que o diabo não é tão feio quanto pintam, tenho certeza.

— Ainda assim prefiro ir depois de tudo esclarecido. Nem me passa pela cabeça ouvir sermões do meu pai na presença de gente como Ohisa.

Pela primeira vez em muito tempo, marido e mulher se encaravam para conversar. Para disfarçar o constrangimento, Misako fumava um cigarro de ponta dourada e falava em tom especialmente seco, atitude que Kaname contemplava com ar levemente perdido. Sem se dar conta, as feições e as palavras da mulher vinham aos poucos externando suas emoções de modo diferente. Agora, talvez espelhassem seu modo habitual de dialogar com Aso. Misako já não era parte da família, pensou Kaname sentindo uma breve pontada. Cada palavra, cada frase que ela pronunciava devia trazer impregnada a marca da "família Shiba", mas, aos poucos, o marido testemunhava a lenta modificação dessa marca bem diante dos próprios olhos. Nunca imaginara que a tristeza do divórcio começaria daquele jeito. Nesse momento, pressentiu a angústia da cena final e definitiva, agora tão próxima. Mas, pensando bem, a mulher que ele considerava sua talvez tivesse deixado de existir havia muito. Esta, sentada diante dele e chamada Misako, não seria uma mulher totalmente diferente? Nesse caso, a tristeza que sentia agora era pela mulher que se vira separada do seu próprio passado, e não pelos vínculos afetivos rompidos. E, se isso fosse verdade, ele talvez já tivesse vencido o clímax emocional que tanto temia.

— E Takanatsu? Que ele mandou dizer? — perguntou Kaname.

— Que precisa vir muito em breve a Osaka porque tem negócios a resolver, mas não se sente propenso a vir enquanto não resolvermos nossa situação. E, mesmo assim, diz que não nos procurará.

— Não deu nenhum conselho?

— Não... E também...

Sentada numa almofada na beira da varanda, Misako mexia no dedo mínimo do pé com uma das mãos enquanto estendia a outra na direção das azaleias do jardim e batia as cinzas do cigarro.

— ... que eu podia tanto revelar a você como guardar segredo, mas...

— Hum?

— Disse que tomou a decisão sozinho e contou tudo ao Hiroshi.

— O Takanatsu?

— Sim.

— Quando?

— Quando foram juntos a Tóquio, durante as férias escolares da última primavera.

— E por que ele teve de se meter onde não era chamado?

Mesmo agora que já comunicara ao sogro em Kyoto, Kaname não tivera coragem de fazer o mesmo com o próprio filho. Então o menino já sabia de tudo!, pensou. Considerou tocante, digno de pena e ao mesmo tempo irritante, o esforço do pequeno em não transparecer nem num único gesto a dimensão do seu conhecimento.

— Disse que não pretendia contar nada ao menino, mas tudo aconteceu na noite em que dormiram lado a lado no quarto do hotel. No meio da noite, Hiroshi começou a chorar e Takanatsu lhe perguntou o que havia de errado...

— E...?

— Ele não conta os detalhes na carta, mas, ao que parece, explicou ao Hiroshi que talvez seu pai e sua mãe fossem morar em casas diferentes. Nesse ponto, o menino perguntou: "O que vai acontecer comigo?". Takanatsu então lhe disse: "Nada vai lhe acontecer. Você poderá encontrar-se com sua mãe toda vez que quiser. Pense que agora terá duas casas em vez de uma, e não estará muito longe da verdade. Quanto aos motivos, você acabará compreendendo naturalmente conforme for crescendo". Segundo Takanatsu, foi essa a sua fala.

— E Hiroshi? Aceitou a explicação?

— Pareceu que não comentou nada e dormiu chorando. No dia seguinte Takanatsu levou-o bastante preocupado à loja de departamentos Mitsukoshi. Contrariando as expectativas mais pessimistas, Hiroshi quis que o tio comprasse tudo o que via, como se tivesse esquecido por completo o que acontecera na noite anterior. Takanatsu comenta que ficou impressionado com a ingenuidade das crianças e que se sentiu mais tranquilo com sua decisão de contar tudo.

— Seja como for, há uma diferença entre ele contar e eu contar.

— Ah, ele disse também que, se era tão difícil contar a verdade para o seu filho, agora você não precisa mais. E se desculpa por não ter nos consultado mais cedo, mas acha que se desincumbiu de uma tarefa difícil para nós.

— Nesse ponto ele se engana. Posso ser lerdo na hora de tomar decisões, é verdade, mas gosto das coisas bem esclarecidas.

Kaname protelara até a última hora a difícil tarefa de contar a verdade ao filho porque alimentava a vaga esperança de que, num futuro muito próximo, o rumo dos acontecimentos se alterasse. Obviamente, não tinha coragem de revelar esse sentimento a Misako. A mulher parecia segura de si, mas sua natureza emotiva e apaixonada era vulnerável. Kaname sentia que, ao menor passo em falso, ela era capaz de romper em lágrimas, e, por temer que isso viesse a acontecer, ambos tentavam não facilitar. O perigo do descontrole emocional parecia estar a milhas de distância, contudo podia reaproximar-se em velocidade vertiginosa a um simples desvio no tom do diálogo. E, embora Kaname nem de longe imaginasse que Misako fosse aceitar as imposições do velho pai, percebeu que estava, no íntimo, aguardando com um misto de esperança e resignação essa remota possibilidade se concretizar, quando então ele próprio não teria outro recurso senão acatar a vontade da mulher. A percepção o deixou surpreso e impaciente consigo mesmo.

— Bem, acho que vou sair... — disse Misako, temendo talvez que o diálogo tomasse rumos inesperados. Olhou o relógio sobre o armário para dar a entender que chegara a hora costumeira e, com expressão de alívio, levantou-se e foi se arrumar.

— Faz um bom tempo que não vejo o Aso. Talvez seja melhor encontrar-me com ele em breve — disse Kaname.

— Concordo. Antes ou depois de ir a Kyoto?

— Qual data seria mais conveniente para ele?
— Vá primeiro a Kyoto. "Vinde o mais rápido que puder. Se possível, ainda amanhã." Não é isso o que meu pai diz na carta? Não quero que ele apareça por aqui. Além do mais, Aso está esperando nós resolvermos para então nos apresentar à mãe dele.
— Você tem a carta do Takanatsu aí? — perguntou Kaname.

Estivera contemplando com olhar quase carinhoso a mulher que, ansiosa, preparava-se para correr ao encontro do amante, e reteve-a no momento em que já se afastava na direção do corredor.

— Lembro de ter guardado para mostrar a você, só não sei onde... Procuro mais tarde, está bem? Seja como for, não havia muita coisa além do que eu já lhe contei.

— Tudo bem, não se preocupe.

Depois que a mulher partiu, Kaname apanhou um punhado de biscoitos para cães e se dirigiu ao canil no jardim. Ofereceu alternadamente a ração aos dois cachorros e em seguida ajudou o velho *jiiya* a escová-los. Depois, retornou à saleta e deitou-se no tatame, a contemplar o teto com o olhar vago.

— Tem alguém na cozinha que possa me fazer um chá? — pediu, mas não obteve resposta. As empregadas deviam ter se retirado para os respectivos quartos.

Hiroshi ainda não chegara da escola e o silêncio na casa era profundo. Kaname sentiu-se só e abandonado. Vou procurar Louise, pensou. Sem saber direito por quê, teve pena de si mesmo por recorrer sempre à mesma solução. Aborrecia-o viver prometendo-se não vê-la nunca mais e quebrando a promessa em seguida, alegando a si mesmo que era bobagem levar-se tão a sério, afinal Louise era apenas uma prostituta. Contudo, a sensação de vazio que invadia a mansão depois que Misako se ia era mais difícil de suportar que qualquer aborrecimento. A divisória corrediça, os objetos que decoravam o nicho central, as árvores do jardim, todas as coisas permaneciam no mesmo lugar, mas a casa parecia despojada. O proprietário anterior construíra a casa e vivera ali apenas dois ou três anos. Kaname a comprara ao se mudar para Kobe, e a saleta em estilo japonês, com oito tatames, onde se encontrava naquele momento, tinha sido acrescida por ocasião da compra. Habituado a vê-la todos os dias, não se dera conta de que as colunas feitas de cedro e de abesto extraídos do monte Kitayama haviam começado a adquirir um lustro condizente com os anos de uso, muito embora ninguém lhes tivesse dado atenção especial. Doravante, o madeirame adquiria cada vez mais o aspecto envelhecido que o sogro tanto apreciava. Deitado ali, Kaname observou com renovado interesse o brilho do madeirame, apreciou a mesinha baixa no nicho, sobre a qual pendiam rosas japonesas de pétalas dobradas, e, além da esquadria da porta, o brilho líquido do assoalho da varanda refletindo a claridade externa. Embora dispondo de poucas horas livres nos últimos tempos, Misako nunca se esquecia de decorar a saleta com elementos que refletiam a mudança das estações. Ela podia estar apenas perpetuando um hábito, é claro, mas era doloroso a Kaname imaginar o dia em que não haveria mais flores ali. Assim como a cor sombria do madeirame, o cotidiano de um casamento, ainda que apenas formal, era capaz de inspirar nostalgia, pensou.

Levantou-se e caminhou até a porta.

— Osayo, molhe uma toalhinha em água quente, esprema-a e traga-a para mim — disse alto de modo a ser ouvido no quarto da empregada.

Despiu a parte superior do quimono de sarja, esfregou com força a toalha úmida nas costas suadas e trocou o quimono pelo terno que Misako lhe separara momentos antes de sair. Apanhou a carta do sogro — a qual fora ao chão ao despir o quimono — e guardou-a no bolso do terno. Contudo, lembrou que Louise tinha o hábito de vasculhar sua carteira e seus bolsos e dizer em tom desconfiado: "Aposto que isto veio de alguma gueixa!". Resolveu então guardar a carta sob a folha de jornal que forrava a gaveta da penteadeira. Nesse momento, sentiu algo áspero roçar sua mão. Era ali que Misako havia guardado a carta de Takanatsu.

Leio ou não?, pensou Kaname, ainda segurando o envelope e hesitando em extrair as folhas do seu interior. Depois de tê-la escondido tão bem, Misako não podia ter se esquecido de onde a pusera. Se tinha mentido, era por não ter encontrado evasiva melhor e não querer que ele lesse a carta de Takanatsu. Mas a mulher não tinha o hábito de esconder-lhe nada. Kaname pressentiu que havia algo desagradável em seu conteúdo.

Cara Misako:
Acabo de ler sua carta.
Esperava que vocês dois já tivessem tudo decidido, e foi com surpresa que dias atrás recebi um cartão-postal de Awaji, cuja leitura me fez entender que nada havia mudado.

Nesse ponto, Kaname subiu ao andar superior e continuou a ler com calma na saleta em estilo ocidental.

Mas, se a sua decisão é realmente final, quanto mais rápido vocês se separarem melhor será, não é mesmo? A esta altura dos acontecimentos parece não restar outra saída para vocês. Kaname é uma criança mimada cheia de vontades, mas você também é. Disso resultou a situação em que se encontram hoje. Não me importo que você chore suas mágoas no meu ombro. Contudo, pergunto-me por que você não se queixa — embora você mesma talvez não julgue que esteja se queixando — ao seu marido. Se é incapaz disso, é também uma das mulheres mais infelizes do mundo. Lamento profundamente e choro por você. Desse jeito, vocês dois não têm condição de continuar casados, é claro. "Maldito seja Kaname por ter me concedido tanta liberdade", *diz você, e também:* "Quisera nunca ter conhecido o Aso". Ah, como eu gostaria que você tivesse a coragem de dizer ao próprio Kaname ao menos uma parte dessas coisas, que houvesse franqueza suficiente em sua relação conjugal... Mas não vou continuar batendo nessa tecla porque corro o risco de me tornar repetitivo. Quanto às coisas que você me confidenciou, esteja tranquila que não vou revelá-las ao Kaname. Afinal, só serviria para aumentar a tristeza dele, e de nada adiantaria. Embora pareça, não sou totalmente insensível. A emoção toma conta de mim quando me lembro de Yoshiko e do meu próprio divórcio. Só lamento que você tenha de se ir da casa Shiba levando consigo tanta mágoa. Agora, só me resta desejar que consiga esquecer seu amargo passado e construa um lar novo e feliz com seu amado. E, por favor, nunca mais volte a cometer o mesmo erro. Desse modo, você estará também contribuindo para a remição do Kaname.

Você se engana se pensa que estou zangado. Julguei apenas que uma pessoa de mentalidade linear como eu não deveria se meter numa relação conjugal complexa como a de vocês. Acredito ser mais sábio manter-me à distância até que vocês dois decidam sozinhos a situação. Na verdade, tenho alguns negócios a resolver em Osaka, mas estou protelando a partida por esse motivo. Mesmo que eu vá, talvez evite encontrar-me com vocês, não se ofenda.

E há também uma coisa que ainda não lhes revelei. Contei tudo ao Hiroshi quando estivemos juntos em Tóquio. Tive a impressão que o menino reagiu bem, mas eu gostaria de saber se você notou algo diferente no comportamento dele. Ele me escreve de vez em quando, mas nunca toca no assunto. Hiroshi é muito sagaz. Não o estou elogiando na tentativa de desviar sua atenção e assim me eximir da responsabilidade dos meus atos, e lhe peço perdão se você achou que me intrometi onde não devia. Penso, porém, que facilitei as coisas para vocês. E esteja tranquila: na qualidade de amigo e parente que melhor a compreende, assim como ao seu marido e ao Hiroshi, pretendo fazer tudo o que me for possível para ajudá-los.

Creio que esses dois resistirão bravamente ao infortúnio e sobreviverão. Os caminhos da vida, afinal, não são todos planos. Meninos precisam enfrentar problemas para se fortalecer. O próprio Kaname tem levado uma vida boa demais, está na hora de enfrentar alguns percalços. Talvez assim ele deixe de agir como criança mimada.
 E por aqui me despeço. Talvez não a veja por um bom tempo, mas, quando nos reencontrarmos, espero que já esteja novamente casada e feliz.

Hideo Takanatsu.
(27 de maio)

 Por ser de Takanatsu, a carta era inesperadamente longa. Kaname sentiu que a casa deserta quebrava sua costumeira contenção e sentiu também lágrimas umedecendo o seu rosto.

14.

A posição dos lírios no arranjo que enfeitava o nicho vinha incomodando Ohisa naquela manhã. Ela reposicionou as flores diversas vezes, ansiosa por causar boa impressão às visitas que receberia no decorrer do dia. Pouco depois das quatro da tarde, avistou, para além dos estores que separavam dois aposentos, uma sombrinha passando sob a trepadeira e entrando pelo portão. Ohisa levantou-se e desceu ao jardim pela varanda.

— Chegaram? — perguntou o ancião ao ouvir o som dos tamancos dela aproximando-se às costas. Acordara da sesta e, no momento, estava entretido em exterminar as pragas de alguns arbustos.

— Acabam de chegar — disse Ohisa.
— E Misako? Também veio?
— Assim me pareceu.
— Ótimo. Prepare-nos o chá, Ohisa — recomendou o velho.

Em seguida, seguiu pela passagem marcada por lajes, passou pelo portãozinho de bambu e deu a volta na casa até a frente.

— Olá! — cumprimentou com jovialidade. — Entrem, entrem. Vocês devem estar morrendo de calor.

— Realmente... Devíamos ter vindo na parte da manhã, mas acabamos nos atrasando e saímos de casa com o sol a pino — explicou Kaname.

— Péssima hora, sem dúvida. E o calor chegou com força total, mal o tempo firmou. Parece até que já estamos em pleno verão! Vamos entrar, vamos.

Kaname e Misako seguiram o ancião para dentro da casa. Varando as meias, uma sensação fria e agradável chegou à planta dos pés quando pisaram a esteira de ratã, cuja superfície refletia o verde das plantas do jardim em plena brotação. Um leve aroma de ervas dos incensos queimados por toda a casa lhes feriu as narinas.

— Ah, que distração a minha. Ohisa, traga toalhinhas úmidas para eles antes de mais nada. Geladas, de preferência — disse o ancião.

Além do beiral, a espessa ramagem mergulhava o jardim em sombras. O casal se dirigiu para o lado mais sombrio e fresco do aposento e ali se sentou com um suspiro de alívio. O verde do jardim refletia no rosto suado de Kaname, detalhe que não havia escapado ao olhar atento do anfitrião, a observar cuidadosamente a fisionomia do genro e da filha em busca de pistas.

— Não será melhor trazer as toalhinhas umedecidas em água quente? — perguntou Ohisa.

— Você está certa, traga-as quentes. Quanto a você, Kaname, antes de mais nada dispa seu *haori*.

— Vou seguir seu conselho, obrigado. Noto que, por estes lados, os pernilongos atacam mesmo durante o dia.

— Ora se atacam! Em Tóquio também temos áreas semelhantes. Exemplo disso é o bairro de Honjo, de onde os pernilongos só desaparecem no rigor do inverno. Contudo, os daqui são maiores e muito mais numerosos porque provêm das matas. O meio mais rápido de combatê-los é o espiral repelente, mas aqui em casa prefiro queimar píretro em vasilha de barro, entende?

Conforme Kaname previra, o sogro não aparentava a indignação expressa na carta e conduzia a conversação com o bom humor costumeiro. Ao mesmo tempo, ignorava por completo a filha, que se mostrava silenciosa e deprimida desde o instante em que pusera os pés na casa. Ohisa mantinha seu modo de ser, gentil e calmo. Ela devia estar a par do assunto em linhas gerais, mas, depois de trazer silenciosamente tudo o que lhe haviam pedido, ninguém mais a via em nenhum dos aposentos separados por estores de vime, agora que as divisórias tinham sido escancaradas para o verão.

— Mudando de assunto, vocês vieram preparados para passar a noite comigo, não vieram? — perguntou o ancião.

— Até podemos... Mas, para falar a verdade, isso não estava em nossos planos — replicou Kaname, voltando o olhar para a mulher pela primeira vez.

Misako reagiu prontamente:

— *Eu* vou embora. O senhor não quer nos dizer de uma vez para que nos chamou?

— Deixe-nos a sós por alguns momentos, minha filha — replicou o ancião.

Bateu com o cachimbo na borda do cinzeiro provocando um breve estalo que ecoou na sala silenciosa. E, enquanto enchia novamente o fornilho e procurava o fogo, Misako se levantou e se afastou na direção da escada. Tudo indicava que não queria permanecer nos aposentos inferiores e correr o risco de se ver frente a frente com Ohisa.

O velho voltou-se para Kaname:

— Que bela confusão vocês aprontaram...

— Sinto muito, senhor. Na verdade, eu esperava não ter de chegar a este ponto e...

— E não tem como voltar atrás?
— Não, pelas razões que expus em linhas gerais na carta... Sei que as explicações não foram suficientes e compreendo que o senhor queira saber mais detalhes...
— Ao contrário, já tenho uma boa ideia da situação. Mas, se me permite falar com franqueza, a culpa é sua, Kaname.

Surpreso, Kaname ergueu a cabeça e ia replicar, mas foi interrompido pelo sogro:

— Está bem, culpa não é a palavra adequada. Estou querendo dizer que você talvez tenha levado as coisas para um campo demasiadamente racional. Concordo que os tempos mudaram e que a tendência moderna é tratar as mulheres de igual para igual, como se fossem homens também. Acontece que tal atitude nem sempre dá certo. Exemplo disso é o seu caso. Como marido, você se sentiu desqualificado e deixou sua mulher procurar outro parceiro em caráter experimental. Foi uma decisão muito difícil. Normalmente, as pessoas defendem ideias modernas da boca para fora, não conseguem pô-las em prática com isenção.

— Não sei como me justificar...

— Espere um pouco, Kaname. Você está me entendendo mal. Não há ironia em minhas palavras. Estou simplesmente dizendo que o admiro. Num passado nem tão distante, havia no mundo muitos casais em situação semelhante à sua. Para dizer a verdade, eu mesmo passei por isso... E não foram nem um, nem dois anos, foram cinco anos sem me aproximar da minha mulher. Mas, à época, todos pensávamos que não havia solução para os nossos casos. O que não tinha remédio remediado estava, entende? Pensando bem, as coisas hoje em dia tornaram-se bem mais complicadas. Mas quando uma mulher se desvia do seu rumo natural, ainda que em caráter experimental, não consegue voltar atrás mesmo que perceba, no meio do caminho, que fez mau negócio. Esse é o destino delas, e o decantado livre-arbítrio não funciona para elas. Não sei das mulheres da próxima geração, mas minha filha, por exemplo, é de uma geração que recebeu uma educação intermediária, nem antiga nem moderna. Para essas mulheres, o modernismo é apenas uma camada superficial de verniz.

— Pois é superficial também para mim. E, como nós dois sabemos disso muito bem, queremos apressar a separação. A moralidade moderna permite, entende?

— Cá entre nós, Kaname: você voltaria atrás em sua decisão caso eu me encarregasse de convencer Misako a fazer o mesmo? Não quero discutir com você. Estou ficando velho e, talvez por isso, valorizo a paz de espírito acima de qualquer coisa. O gênio é incompatível? Isso não importa, o tempo o tornará compatível. Veja o meu caso. Como eu e Ohisa haveríamos de nos dar bem sendo ela tão mais nova que eu? É que a convivência faz aflorar o afeto muito naturalmente. Deixe o barco correr e, um dia, ele alcançará porto seguro... Você não poderia considerar o casamento por esse ângulo? A menos, claro, que você me diga que já não pode aceitar a minha filha de volta porque ela foi infiel.

— Isso nem me passa pela cabeça. Se ela está tendo um caso, foi com a minha permissão. Não a acuse de infidelidade porque estará sendo injusto com Misako.

— Com ou sem permissão, é infidelidade, no meu entender. Lamento apenas que você não tenha me consultado antes de chegar a essa situação...

Kaname não viu outro recurso senão ouvir em silêncio o circunlóquio do ancião. Dispunha de muitas justificativas, mas, no seu entender, sobrava ao velho capacidade para compreender suas razões. E se, a despeito de tudo continuava a arengar, era porque lamentava, como qualquer pai, o infortúnio da filha. Contra isso, não tinha argumentos a apresentar.

— Creio não ter lançado mão de todos os recursos possíveis para evitar essa situação, como diz o senhor. Na verdade, ocorrem-me algumas coisas que eu realmente poderia ter feito e não fiz. Agora, porém, já é tarde demais, sobretudo porque sua filha me parece irredutível...

Sem que nenhum dos dois tivesse percebido, o sol havia enfraquecido além do beiral e sombras tinham se adensado nos cantos do aposento. O ancião sentava-se corretamente com os joelhos magros apontando por baixo do quimono de seda listrada — pelo visto, perdera peso no calor inclemente do verão — e, pestanejando de leve, movia o abano para dispersar a fumaça do inseticida. O olhar parecia marejado, mas talvez fosse do píretro na vasilha ao lado.

— Ah, estou entendendo... Minha estratégia estava errada, não devia tê-lo abordado primeiro... Importa-se de me ceder Misako por duas ou três horas sem nada perguntar, Kaname?

— Não, não me importo. Mas ainda acho que não vai adiantar. Para ser franco, meu sogro, Misako me pediu que falasse em nome dela porque está aflita com a perspectiva de uma conversa privada com o senhor. Não concordei de imediato, e esse foi um dos motivos por que nos demoramos tanto a procurá-lo. Aliás, o senhor não faz ideia do trabalho que eu tive para convencê-la a vir hoje comigo. Afinal, concordou, mas com a seguinte condição: antes de mais nada, eu deixaria bem claro que a decisão dela é irrevogável e, depois, em nome dela eu diria tudo o que tem de ser dito e ouviria tudo o que o senhor tem a lhe dizer.

— Veja bem, Kaname. Não posso permitir que vocês dois resolvam tudo sem interferir em nada. Trata-se do divórcio da minha filha! Você compreende, não é?

— Pois é exatamente isso que eu venho repetindo a ela. A verdade, porém, é que Misako está com os nervos à flor da pele e não quer ser rude com o senhor. É por isso que me pediu para representá-la e obter sua anuência. Contudo, se o senhor quiser, podemos chamá-la aqui.

— Não... Ohisa já preparou alguma coisa, mas acho que vou sair com a minha filha para jantar no Hyotei. Você não se importa, não é, Kaname?

— Não. Só não sei se ela concordará em acompanhá-lo...

— Certo. Eu falo com ela. Se disser que não, paciência. Mas, ao menos em consideração aos meus cabelos brancos, deixe-me tentar.

Enquanto Kaname hesitava, o ancião bateu palmas e chamou Ohisa.

— Faça-me o favor de ligar para o restaurante Hyotei do templo Nansenji. Peça que me reservem dois lugares em aposento calmo — disse.

— Dois lugares? — estranhou Ohisa.

— Pois é. Sei que você se esmerou para preparar um bom jantar e não posso fazer a desfeita de sequestrar todos os seus convidados, não é mesmo? — disfarçou o ancião.

— Ah... Pobre daquele que não for. Por que não saem todos juntos?

— Que pratos você preparou?

— Nada especial.

— Que vai fazer com a truta?

— Estou pensando em servi-la frita.

— E que mais?

— *Ayu* novo assado na brasa.

— E que mais?

— Bardana ao molho de gergelim branco.

— Aí está o cardápio, Kaname. Relaxe e beba à vontade enquanto nos espera — disse o ancião.

— Que azar o seu, não é mesmo? — observou Ohisa para Kaname, sorrindo suavemente.

— Pelo contrário! Vou-me regalar porque o chef desta casa é superior ao do Hyotei.

— Nesse caso, estamos combinados. Ohisa, prepare o meu quimono — pediu o ancião, dirigindo-se em seguida para o andar superior.

Kaname não sabia que argumentos o ancião usara para convencer a filha, mas, quinze minutos depois, Misako veio descendo as escadas com aparente má vontade, em companhia do pai. Talvez tivesse se lembrado do que o marido lhe dissera havia pouco, a caminho de Kyoto: "Não se oponha frontalmente ao seu pai ou acabará jogando fora a única oportunidade de nos sairmos bem". Seja como for, ali estava ela, em pé no corredor e arrumando-se discretamente diante do espelho. Em seguida, foi para fora sem esperar o pai.

— Bem, vou indo — disse o velho surgindo dos fundos nesse instante. Cobria a cabeça com um capuz de seda fina, do tipo usado por Kikaku Takarai, o poeta de haicai. Desceu para o vestíbulo, estendeu o pé calçado em meia imaculadamente branca e calçou um par de tamancos rústicos.

— Não se demore — disse Ohisa.

— Ao contrário, acho que vou demorar um pouco — replicou o velho. — Como já lhe disse antes, Kaname, quero que passem a noite nesta casa. Misako já sabe disso.

— Eu não me oponho, absolutamente. Sinto apenas estar causando tantos transtornos — replicou Kaname.

— Você traz o guarda-chuva, Ohisa? Esse ar abafado é prenúncio de chuva.

— Vá de táxi, nesse caso — sugeriu Ohisa.

— Para quê? A distância é curta demais. Vou a pé.

— Tenha uma boa noite — disse Ohisa.

Seguiu Kaname para dentro da casa e lhe ofereceu uma toalha e um *yukata*, dizendo:

— A água já está quente. Aproveite para tomar seu banho porque o jantar vai demorar um pouco.

— Obrigado, mas não sei se devo. Depois do banho, vou me sentir tão confortável que perderei a vontade de ir embora...
— Mas vocês vão passar a noite aqui, não vão?
— Não tenho certeza.
— Deixe de se preocupar e tome banho com calma. Minha comida deixa um pouco a desejar e você precisa estar faminto para que ela desça sem problemas — gracejou Ohisa.

Fazia muito tempo que Kaname não se banhava na casa do sogro. A banheira era do tipo comum em Kyoto, pequena a ponto de mal comportar uma única pessoa de cócoras. Suas bordas metálicas esquentavam demais, tornando desagradável o contato com elas, principalmente para as pessoas oriundas de Tóquio, habituadas a espaçosas banheiras de madeira. Além disso, as salas de banho da região de Kyoto em geral eram providas de uma única claraboia no alto, por isso o ambiente era sombrio mesmo durante o dia e contribuía para que Kaname nunca se sentisse totalmente relaxado depois do banho. Acostumado como estava ao banheiro azulejado e claro da própria casa, o do sogro fazia com que Kaname se sentisse metido num porão. O ancião gostava também de infundir cravos na banheira, o que tornava a água turva como líquido medicinal usado em contínuas sessões terapêuticas. Misako desconfiava que o perfume do cravo disfarçava o fato de a água não ser trocada com constância e se esquivava com desculpas engenhosas toda vez que era convidada a se banhar na casa do pai. O velho homem, porém, tinha muito orgulho do seu "banho de cravos" e parecia considerá-lo uma regalia especial destinada a alegrar seus hóspedes. Ele havia desenvolvido uma original "filosofia de banheiro", segundo a qual "revestir de azulejo claro salas de banho e latrinas era uma das muitas tolices ocidentais; equipá-las de modo a pôr em evidência os próprios excrementos, mesmo que mais ninguém os visse, é o cúmulo da insensibilidade; tudo o que é excretado pelo organismo humano deve ser ocultado em trevas com a máxima discrição". Além de considerar correto forrar o urinol com folhas de cedro verdejantes, sustentava outra opinião original: "Uma latrina japonesa autêntica, quando bem cuidada, exala um odor característico e requintado que revela distinção". Latrinas à parte, Ohisa se queixava em segredo da escuridão da sala de banhos. Dizia que para perfumar o banho bastava pingar uma ou duas gotas de essência de cravo, agora à venda em toda parte; mas o ancião tinha de fazer à moda antiga, isto é, mergulhando um saquinho com cravos secos na água quente.

— Ele se oferece para lavar as minhas costas, mas a sala é tão escura que vive confundindo a frente com as costas, imagine...

A divertida queixa de Ohisa veio à mente de Kaname no momento em que divisou o saquinho de farelo de arroz que pendia de um prego.

— Como está a temperatura da água? — perguntou Ohisa.

A voz vinha de fora, das proximidades da boca da caldeira.

— Boa, obrigado. Mas, se não se importa, gostaria que você acendesse a luz.

— É verdade! Que distração a minha!

Acesa a luz, Kaname percebeu, porém, que a lâmpada era propositadamente minúscula e servia apenas para ressaltar as sombras. Os pernilongos atacavam o corpo inteiro, de modo que Kaname jogou algumas rápidas baciadas sobre si para livrar-se do suor e, sem ao menos se lavar com sabonete, imergiu até o pescoço na água de cravos. Os insetos, porém, continuaram a picar a área exposta. Fora, havia ainda um resto de claridade que contrastava com a escuridão do banheiro. Folhas de bordo espiavam pela treliça da claraboia, mais verdes ainda que durante o dia, lembrando estampa em tecido. Por instantes, Kaname sentiu-se na banheira de alguma pousada perdida nas montanhas. "Sempre ouço rouxinóis no meu jardim", gabava-se o ancião. Podiam cantar agora, pensou Kaname apurando os ouvidos, mas os únicos sons que chegaram foram o de um sapo chamando chuva numa horta distante e o zumbido incômodo dos pernilongos. Que tipo de diálogo estariam trocando agora pai e filha no reservado do Hyotei? Com o genro, o ancião mediria as palavras ao falar, mas com a filha usaria tom despótico. A ideia o inquietou. Contudo, não podia negar que sentira alívio depois da partida dos dois. Mergulhado na banheira, veio-lhe à mente uma fantasia tola: imaginou que tinha se casado de novo e que aquela era sua nova casa. Pensando bem, ele próprio talvez não tivesse percebido por que vinha tentando aproximar-se do sogro com tanta insistência desde a última primavera. E se, a despeito de estar cultivando secretamente um sonho tão absurdo, a própria consciência não o acusara nem o admoestara, era porque via em Ohisa apenas o arquétipo de uma mulher, e não uma mulher. Realmente, para Kaname, não era preciso que a mulher sonhada fosse Ohisa, a jovem que atendia o ancião, mas simplesmente uma Ohisa. A Ohisa por quem se sentia atraído seria uma Ohisa ainda mais Ohisa do que a que vivia naquela casa. Talvez a tal Ohisa só pudesse ser uma boneca. Nesse caso, quem sabe, ele a encontrasse num aposento escuro nos bastidores do Teatro Bunraku, atrás do palco. E, se isso era verdade, ele se contentaria com a boneca.

— O banho foi refrescante — disse Kaname, esperando que seus sonhos perturbadores se desfizessem ao som da própria voz. Vestiu o *yukata* que Ohisa lhe emprestara e retornou à sala.

— Espero que a água não tenha lhe parecido suja e causado desconforto — disse Ohisa.

— Nem um pouco. Um banho com água de cravo não deixa de ser gostoso, para variar.

— Pensando bem, eu não me sentiria bem num banheiro iluminado como o da sua casa.

— Por quê?

— Ah, tudo tão branco... e glamoroso demais para mim. É adequado apenas para mulheres bonitas como a sua esposa.

— Ora essa! Minha mulher é bonita? — disse Kaname em tom quase sarcástico, sentindo leve animosidade contra a mulher ausente.

Com um movimento ágil, bebeu o saquê que Ohisa servira e ofereceu-lhe por sua vez uma taça:

— Beba comigo — disse.

— Aceito, obrigada.

— A truta está deliciosa... E então? Como vão as aulas de *jiuta* ultimamente?

— Irritantes, simplesmente irritantes.

— Desistiu delas?

— Ainda não, mas... Sua mulher gosta mais do estilo *nagauta*, não é verdade?

— Há muito ela passou da fase *nagauta*. Acho que, hoje em dia, ela tende mais para o jazz.

Ohisa movia o abano para tocar uma mariposa de cima da mesinha laqueada e também para refrescar seu convidado. Kaname sentiu a brisa fresca batendo no quimono enquanto aspirava o aroma delicado dos primeiros cogumelos de pinheiral na tigelinha da sopa. A noite havia se instalado no jardim e rãs coaxavam no escuro, chamando chuva com maior vigor e insistência.

— Eu bem que gostaria de aprender a cantar *nagauta*, só para variar.

— Que péssima ideia! Nem diga isso ao meu sogro porque ouvirá uma reprimenda. Você não faz ideia do quanto as canções *jiuta* combinam com você.

— Estudar não é problema. O problema é o mestre. Implica demais, entende?

— Seu mestre é famoso em Osaka, não é?

— Realmente... Mas eu estava me referindo ao mestre desta casa.
— Ah, ah.
— É uma reprimenda atrás da outra. Que martírio!
— A idade nos torna ranzinzas, Ohisa. Por falar nisso, você continua esfregando a pele com o saquinho de farelo de arroz? Eu vi um no banheiro.
— Continuo. Ele mesmo se lava com sabonetes, mas não me deixa usá-los. Diz que têm efeito irritante sobre a pele feminina, mais delicada.
— E quanto às fezes de rouxinóis?
— Estou usando. E nem por isso minha pele ficou mais branca.

Kaname tomou apenas metade da segunda botija de saquê e tratou de terminar a refeição com as três iguarias mais leves da cozinha japonesa: arroz, picles e chá. Ohisa acabara de trazer nêsperas para a sobremesa quando o telefone tocou no vestíbulo. Ela largou uma fruta semidescascada sobre o prato de vidro e se levantou para atender. Kaname ouviu sua voz:

— Sei... Entendi... Eu o aviso, pode deixar.

Logo Ohisa retornou ao aposento.

— Seu sogro mandou avisar que vai se demorar um pouco mais. Disse que já não precisam se apressar porque sua mulher concordou em passar a noite aqui.

— É mesmo? E ela me dizia que ia embora... Faz muito tempo que não passamos a noite nesta casa.

— Muito tempo, é verdade...

Muito tempo também fazia que Kaname e Misako não dormiam juntos. Cerca de três meses atrás, quando Hiroshi fora a Tóquio com o tio, os dois haviam passado algumas noites a sós pela primeira vez em muitos, muitos anos. Tão amortecida andava a relação conjugal, contudo, que ambos haviam conseguido dormir profundamente, lado a lado e indiferentes, como dois viajantes desconhecidos em quarto comunitário de uma estalagem interiorana. Kaname desconfiava que o sogro tramava exatamente reavivar os instintos embotados ao insistir para passarem a noite ali. A solicitude do velho homem era uma amolação, pensou Kaname, mas não se sentiu nem pressionado ou inclinado a recusar, nem irritado por julgar tais medidas inúteis àquela altura.

— Que ar opressivo, não? Nenhuma brisa para refrescar... — murmurou Kaname, contemplando o jardim para além do beiral.

Do inseticida, prestes a se extinguir, um fio de fumo se elevava em linha reta. Não tinha sido apenas o vento que cessara. Ohisa também deixara de mover o abano e o mantinha esquecido no colo.

— Realmente opressivo. Será que chove?

— Talvez... Um bom pé d'água aliviaria o calor...

Acima das árvores inertes, estrelas enevoadas espiavam por brechas nas nuvens. Naquele instante, Kaname teve a impressão de ouvir, como num presságio, a voz da mulher retorquir com ardor ao sermão do pai. Deu-se conta então de que também firmava em seu íntimo uma determinação quase tão inabalável quanto a da mulher.

— Que horas são? — perguntou.

— Cerca de oito e meia.

— Tão cedo ainda? Esta vizinhança é silenciosa...

— Talvez seja cedo demais para isso, mas... Quer se deitar? Não demora muito, estarão de volta.

— Por tudo o que o meu sogro parece ter dito ao telefone, depreendi que a conversa vai ser longa... — disse Kaname, repentinamente curioso por saber a opinião de Ohisa e não a do sogro.

— Quer ler alguma coisa para passar o tempo? — perguntou Ohisa.

— Quero, obrigado. Que tipo de livro você lê?

— Ele insiste que eu leia livros antigos, xilogravados e ilustrados, do tipo *kusazoshi*, mas quem suporta essas leituras bolorentas?
— E revistas femininas?
— Diz ele que, se tenho tempo para ler essas bobagens, devo usá-lo para aprimorar a caligrafia.
— Qual modelo caligráfico você adota?
— *Ryushun-jo* e *Chito-jo*. São todos do estilo *Oie-ryu*.
— Sei... Bem, me passe alguns desses livros xilogravados, por favor.
— Que assunto lhe interessa? Pontos turísticos famosos?
— Talvez seja interessante.
— Nesse caso, deixe-me conduzi-lo para o anexo da casa, onde os leitos já estão arrumados. Eu levarei os livros.

Ohisa o precedeu por um corredor e, passando pela sala especialmente construída para a cerimônia do chá, fez deslizar a porta do anexo, um aposento de seis tatames. Kaname percebeu de relance que havia um mosquiteiro armado no quarto às escuras. As pesadas portas de madeira continuavam abertas, e uma lufada fria chegou-lhe do jardim. Kaname mais sentiu do que viu a tela de cânhamo verde do mosquiteiro agitar-se levemente.

— Ora, veja... Parece que o vento despertou — disse Ohisa.
— E refrescou de repente. É chuva na certa.

Com um leve farfalhar, a barra do mosquiteiro se agitou. Não era o vento, desta vez, e sim Ohisa, que havia entrado na área protegida. Tateando no escuro, acendeu o abajur.

— Quer que eu troque a lâmpada por outra, mais potente? — perguntou.
— Não, obrigado. Livros antigos costumam ter letras grandes. Esta luz deve ser suficiente.
— Não será melhor deixar as portas de madeira abertas por mais algum tempo? O ar continua muito abafado.
— Claro. Eu mesmo fecho mais tarde.

Depois que Ohisa se foi, Kaname ergueu a barra do mosquiteiro e entrou na área protegida. O aposento não era muito espaçoso, e os dois leitos tinham sido dispostos quase rentes um ao outro no exíguo espaço delimitado pela tela de cânhamo. A disposição lhe pareceu estranha, já que em sua própria casa Kaname costumava armar um dos mosquiteiros mais espaçosos disponíveis no mercado para que pudessem dormir o mais distante possível uns dos outros. Como não tinha nada a fazer, deitou-se de bruços sobre as cobertas, acendeu um cigarro e fumou. Tentou discernir o desenho que pendia no nicho, do outro lado da tela de cânhamo verde, mas o abajur no interior do cortinado embaçava a visão. Teve a impressão de que se tratava de uma paisagem no estilo sulista de pintura chinesa, mas não conseguiu distinguir nem os detalhes nem a assinatura do artista. Havia também um incensário em porcelana azul e branca sob o quadro e, ao vê-lo, Kaname deu-se conta de que o leve perfume que detectara no ar desde que chegara àquele aposento provinha da queima de incensos, muito provavelmente do tipo Flor de Ameixeira. De súbito, pareceu ver o rosto branco de Ohisa flutuando num canto escuro do quarto. O susto foi momentâneo, pois logo percebeu que se tratava da boneca que o ancião comprara em Awaji, vestida com quimono escuro de padrão miúdo.

Uma lufada fria invadiu o aposento e, no mesmo instante, a chuva desabou. Gotas gordas caíram com estrépito sobre as folhas do jardim. Kaname ergueu a cabeça e perscrutou o negrume entre os troncos das árvores nas profundezas do jardim. Fugindo da chuva, uma pequena rã tinha saltado para dentro do quarto e se agarrava à meia altura da tela sacudida pelo vento. A barriga lisa brilhava à luz do abajur.

— Chuva, finalmente!

A divisória correu e um vulto sobraçando cinco ou seis livros sentou-se na área sombria além da tela. Dessa vez, o rosto branco vagamente discernível não era da boneca.

1ª EDIÇÃO [2003] 1 reimpressão

ESTA OBRA FOI COMPOSTA PELA SPRESS EM ELECTRA E IMPRESSA PELA
GRÁFICA PAYM EM OFSETE SOBRE PAPEL PÓLEN BOLD DA SUZANO S.A.
PARA A EDITORA SCHWARCZ EM JANEIRO DE 2022

A marca FSC® é a garantia de que a madeira utilizada na fabricação do papel deste livro provém de florestas que foram gerenciadas de maneira ambientalmente correta, socialmente justa e economicamente viável, além de outras fontes de origem controlada.